Lara Flamme

Entgegen der Fahrtrichtung

Halbwahrheiten einer 18-Jährigen

Roman

Entgegen der Fahrtrichtung

Halbwahrheiten einer 18-Jährigen

Impressum

Bibliografische Information der Deutschen
Nationalbibliothek:
Die Deutsche Nationalbibliothek verzeichnet diese
Publikation in der Deutschen Nationalbibliografie;
detaillierte bibliografische Daten sind im Internet über
http://dnb.dnb.de abrufbar.

© 2021 Lara Flamme

Lektorat: Klaus Schöffler & Linda Wiese

Herstellung und Verlag:

BoD – Books on Demand, Norderstedt

ISBN: 978-3-7534-7196-9

Danksagung

Ich danke allen Menschen, die mir in meinem Leben begegnet sind und mich ein Stück begleitet haben - ohne sie hätte ich kaum Geschichten zu erzählen.

Auch möchte ich meinen besten Freundinnen Svenja und Miriam den Dank aussprechen, die mich dazu ermutigt haben, den Roman zu beginnen und meine Ideen zu verwirklichen.

Mit Korrekturen in Grammatik und Sprache sowie allgemeinen Ratschlägen half mir meine ehemalige Deutschlehrerin Frau Raabe.

Klaus Schöffler möchte ich einen besonderen Dank aussprechen. Er glaubte über die Jahre immer an mich und lektorierte wieder und wieder mein Manuskript. Er war derjenige, der mich auch nach fast 10 Jahren Stillstand dazu ermutigte, das Buch endlich fertig zu schreiben.

Wichtige Information an den Leser:

am 1. August 2011 schrieb ich die ersten Zeilen für dieses Buch. Ich war 18 Jahre alt und wollte meinem Vater beweisen, dass ich etwas durchziehen kann. Als junges Mädchen hatte ich einmal zu ihm gesagt: „Eines Tages schreibe ich ein Buch." Er glaubte es mir nicht. Ein Jahr lang schrieb ich immer wieder an dem Manuskript und gab es auch an unterschiedliche Menschen, um eine Einschätzung zu erhalten. Eigentlich war das Buch nahezu fertig, aber plötzlich war ich unsicher und wusste nicht, was ich nun damit machen möchte. Und ein paar letzte Seiten fehlten auch noch. So ruhte das Manuskript bis 2020 (8 Jahre lang!) auf meiner externen Festplatte. Und dann kam COVID-19 ...und diese turbulente und zugleich passive Zeit brachte mich dazu, vergangene Dinge endlich zu vollenden. Also beschloss ich, die letzten Seiten zu füllen und dem Buch ein wohl verdientes Ende zu geben... und es dann zu veröffentlichen. Und hier hältst du es nun in deinen Händen.

FRÜHSOMMER

1

Hier bin ich also. Im Bett mit einem Mann, der mein Vater sein könnte, einem Mann, der mir zwar ganz gut gefällt, mit dem ich aber für eine dauerhafte Beziehung überhaupt nichts anzufangen weiß. Immer wieder passiert mir das, und jedes Mal ist es ein anderer, manchmal auch eine andere. Während er mir in mein Ohr stöhnt und flüstert, wie erregt er doch ist, versuche ich, mir nicht anmerken zu lassen, dass meine Gedanken mal wieder ganz woanders sind. „Hoffentlich ist er gleich fertig", denke ich mir, während ich laut stöhne um ihm damit zu zeigen, dass ich gekommen bin – was natürlich nicht so ist. Endlich, er ist fertig. Langsam lässt Chris von mir und legt sich neben mich, er atmet heftig. Das einzig Schöne am Sex ist doch, wenn die Männer danach kuscheln wollen. Plötzlich sind sie ganz zärtlich und liebesbedürftig. So auch Chris, der seinen Kopf auf meine Brust legt. Ich schlafe ein. Als ich wieder wach bin, höre ich, wie er langsam seine Sachen zusammenpackt, um zu gehen. Er dreht sich zu mir um. Ich schließe rasch wieder die Augen, damit ich mich nicht von ihm verabschieden muss. Er streicht mit seiner Hand über meine Wange und geht.

Das Telefon klingelt, ich muss aufstehen. Es wird sicher Sophie sein. Sophie ist eine meiner zwei besten Freundinnen, wir kennen uns schon seit der 1. Klasse. Sie kennt mich wohl besser als jeder andere. „Hallo meine kleine gestreifte Katze", höre ich durch die Leitung. Okay, ja, das ist sie. Sophie verwendet immer irgendwelche abstrusen Begrüßungen oder Kosenamen für mich. Wie sie auf diese Namen und Inhalte kommt, ist mir bis heute schleierhaft. „Hallo Sophie, mein Cookiemonster", sage ich zu ihr. Na gut, ich gebe es zu, auch ich begrüße sie gerne so. Ich erzähle ihr von meinem Treffen mit Chris. Sie nimmt es kommentarlos hin, denn mittlerweile ist sie von meinen Bettgeschichten nicht mehr so geschockt. Früher versuchte sie stets, mir einzureden, wie falsch doch Sex ohne Liebe sei und einfach so mit jemandem zu schlafen. Marie, meine zweite beste Freundin, vertritt dieselben Ansichten. Aber die beiden haben ja auch keine Probleme damit, sich zu verlieben oder ernsthafte Beziehungen zu führen. Natürlich verstehen sie meine Lage nicht. Sophie schildert zum dritten Mal die Liebeserklärung ihres Freundes Marc, mit dem sie schon seit drei Jahren zusammen ist. Er stand vor zwei Tagen mit einem riesigen Blumenstrauß und seiner Gitarre im Arm vor ihrer Tür. Als sie ihn rein bitten wollte, küsste er sie auf den Mund und sagte: „Das ist für dich, Sophie. Weil ich dich noch genauso sehr liebe, wie am ersten Tag." Kurz darauf ertönte „I just can't stop loving you" von Michael Jackson auf Marcs Gitarre, begleitet von seinem „herzzerreißenden Gesang", schwärmt Sophie. Ich freue mich ja immer sehr für sie und bin wirklich froh zu sehen, dass es so scheint, als gäbe es die „wahre Liebe", aber so wirklich glauben kann ich das nicht. In meiner Welt gehen verheiratete Väter fremd, trennen sich vermeidlich glückliche Pärchen nach nur zwei Jahren, und allgemein gibt es keine Monogamie.

Nach dem Telefonat zwinge ich mich dazu, meinen roten Trainingsanzug anzuziehen und meine kleine 2-Zimmer-Wohnung zu verlassen. Ich will joggen. Zum Glück dämmert es schon langsam, keiner kann also mein schwitziges, rötlich-pinkes „Ich-war-gerade-20-Minuten-joggen-und-es-ist-unmöglich-anstrengend"-Gesicht sehen, das farblich immer mehr meinem Anzug gleicht. Als ich eine kleine Pause einlege und ich mich auf eine verlassene Parkbank setze, vibriert mein Handy. Eine SMS. Ein Glück, jemand denkt an mich. Ich löse die Tastensperre und öffne die neue Kurzmitteilung. Ich bin etwas enttäuscht, als ich den Absender sehe: Es ist Chris. Ich lese laut, da sowieso keiner unterwegs ist, der mich für verrückt halten könnte: „Es war sehr schön mit dir Rachel. Wann sehen wir uns wieder? Fühl dich gedrückt". Nicht schlecht, er kennt meinen Namen noch. Halt! Nicht immer so negativ denken, Rachel.", sage ich mir selbst. Immerhin schenkt er mir zum Abschluss der Message eine Umarmung, und daran ist nichts Obszönes zu erkennen. Eigentlich ist er ja doch ganz süß, vielleicht werde ich ihn wiedersehen.

2

„Rachel, nun komm schon. Zeig uns deine Liste. Es ist immer dasselbe bei dir, du machst uns total neugierig, und dann willst du doch nichts erzählen." Marie, Sophie und ich sitzen bei Starbucks und ich erwähnte eine Liste, die ich angefertigt habe, die meinen Traummann sowie meine Traumfrau beschreibt. „Das ist aber echt peinlich irgendwie. Wer, außer mir, fertigt schon so was an?", entgegne ich. Dennoch gebe ich zögernd nach, und Sophie reißt mir sofort das Blatt aus der Hand. Sie beginnt laut zu lesen: „Meine Traumfrau sollte zwischen 28 und 38 sein, kleine Brüste haben, eine gewisse Dominanz ausstrahlen, intelligent und kommunikativ sein..." „Okay, es reicht", falle ich ihr schnell ins Wort. „Bitte nicht so laut lesen, hier sind noch andere außer uns." Ein rothaariger Teenager mit Zahnspange, der mit dem Rücken zu uns sitzt, dreht sich kurz um, lacht laut auf, und wendet sich dann wieder seinem Gameboy zu. „Siehst du, Marie! Mein Traummann sollte mittelgroß, zwischen 26 und 33 sein, markante Gesichtszüge haben und mir Sachen beibringen und erklären können..." liest Sophie weiter. Marie wird ernst: „Rachel, ist das nicht ein wenig zwecklos, solche Listen anzufertigen? Ich meine, man sollte nicht nach dieser Liste und den Kriterien gehen, um sich zu verlieben. Außerdem kommt es immer anders als man denkt, und dann ist der angebliche Traummann ein ganz anderer. Vielleicht ist dieser dann viel besser, auch wenn er nicht genau so aussieht, wie du ihn dir in deinen Träumen vorstellst."

Sophie, Marie und ich sind schon lange ein eingespieltes „Dreier-Team", aber wenn es um die Liebe geht, sind wir einfach unterschiedlicher Meinung. Das zeigt sich auch immer wieder deutlich. Ich weiß, sie meinen es nur gut, wenn sie mir dazu raten, mich auf die Liebe einzulassen, aber so einfach ist das nicht. Vor allem, wenn man, wie ich, an einer Bindungsphobie leidet. Bindungsphobie, die Angst, sich auf eine Bindung einzulassen und in einer zu leben. Die Angst davor, verlassen zu werden, oder sogar, zu viel Nähe zu bekommen. Die Angst vor dem Geliebt werden und die Angst vor dem Lieben. So beschreibe ich dieses Gefühl, das immer wieder in mir hochkommt, wenn ich merke, dass mir jemand gut gefällt und dieser bereit ist, eine Beziehung mit mir einzugehen. Sicher bin ich mir dabei aber nicht, ob diese

Phobie wirklich existiert. Ich versuche mir manchmal einzureden, dass einfach noch nicht der oder die Richtige dabei war. Vielleicht will mich Gott oder von mir aus auch das Schicksal vor den „Falschen" und „Unwichtigen" schützen, damit ich nicht meine Zeit und die Liebe auf diejenigen verschwende. Die Hoffnung auf die wahre Liebe habe ich noch nicht ganz aufgegeben.

„Wir machen uns manchmal wirklich Sorgen Rachel." Marie und Sophie schauen mich mit einem fragenden Blick an. Ich glaube, sie erwarten eine Reaktion. „Ja, ich weiß. Das ist auch sehr süß von euch, aber mir geht's ganz gut damit. Im Moment. Und eines Tages wird es sich ändern. Da bin ich mir sicher." Das Traurige ist, dass ich diese Worte jedes Mal aufs Neue verwende, schon seit ich 16 bin – und mittlerweile bin ich 20. So langsam müsste doch mal etwas passieren. Alle in meinem Bekanntenkreis hatten zumindest eine ernsthafte Beziehung, die länger als ein Jahr dauerte. Bei mir gab es da zwar auch Pédro, in den ich sehr verliebt und mit dem ich drei Monate zusammen war, oder Micha, mit dem ich etwa 12 Wochen zusammen war. Jedoch sind das offensichtlich keine langen Partnerschaften und beide habe ich beendet, weil ich einfach nicht mehr wollte und mich eingeengt fühlte. Vielleicht war ich irgendwie auch angeekelt. Wovon, das kann ich nicht genau sagen. Angeekelt von den Gefühlen? Ich habe mich damals selbst nicht verstanden, und ich glaube, die zwei haben das auch nicht vorhersehen können. Wenige Tage bevor ich Schluss machte, habe ich mich noch total normal verhalten.

Mein erstes Mal wiederum hatte ich kurz vor meinem 17ten Geburtstag. Er hieß Marcel und war 12 Jahre älter als ich. Kennen gelernt habe ich ihn in dem Fitnessstudio, das ich zu der Zeit besuchte. Anfangs musste ich ihn überhaupt erst zu einem Date überreden, weil er es nicht ok fand, dass ich so jung war. Aber ich schaffte es, und dann trafen wir uns recht häufig. Das mit ihm lief sechs Monate und ich hätte sehr gerne eine Beziehung mit ihm gehabt. Doch er stellte immer klar, dass wir nie ein Paar werden. Das, was zwischen uns war, geschah heimlich. Auf der Straße durfte ich weder seine Hand nehmen, noch überhaupt mit ihm gesehen werden und nicht einmal seine besten Freunde wussten von meiner Existenz. Eine schreckliche Zeit für mich und noch schlimmer war es, als er zwei Tage vor meinem Geburtstag unsere „Liebelei" PER MSN beendete. Eine Woche später erfuhr ich, dass er schon längst eine neue Freundin hatte, die noch dazu nur wenige Jahre älter als ich war. Immer wieder frage ich mich, ob nicht vielleicht er daran schuld ist, dass ich Angst habe, Bindungen einzugehen. Ich weiß es nicht. Nicht einmal meine Psychologin kann mir das so genau sagen.

Marie zahlt, weil sie als Hebamme mehr verdient als Sophie, die gerade eine Ausbildung zur Fotografin absolviert, oder ich als Studierende. Wir verabschieden uns mit einer langen Umarmung, und ich mache mich auf den Weg zu meiner wöchentlichen Stunde bei meiner Psychologin Frau Dr. Schatz. Ihr Name ist sehr passend, denn sie ist tatsächlich ein Schatz. Mit ihr kann ich über alles reden. Sie berät mich sehr gut und verurteilt mich auch nicht, wenn ich, wie so oft, Mist gebaut habe. Seit drei Jahren bin ich bei ihr in der

Therapie und ich bin mir sicher, dass sie keinen Patienten hat, der so oft über Sex spricht und so viele neue Verliebtheitsgeschichten zu erzählen hat.

3

Es ist Montagmorgen und mein Wecker klingelt. Sieben Uhr. In einer Stunde muss ich geduscht und mit Frühstück im Magen in der Uni sein. Auch wenn mir mein Rhetorikstudium viel Spaß macht, habe ich morgens keine Lust aufzustehen. Meistens verschlafe ich. Irgendwie schaffe ich es dann aber doch fast immer rechtzeitig in die Vorlesung. Ich habe keine Ahnung, wie ich das hinbekomme. Mühselig steige ich in die Dusche. Schnell werde ich wach und singe „Manic Monday" von den Bangles, während mein Radio im Nebenzimmer ein ganz anderes Lied spielt. Um kurz vor acht verlasse ich das Haus und fahre mit dem Fahrrad zur Uni.

Heute ist der Professor in Atemtechnik krank, wir bekommen eine Vertretung. Sie ist neu und heißt Frau Walter. Ich hoffe insgeheim, dass sie attraktiv ist, damit ich wieder ein neues Opfer für meine Schwärmereien habe. Ich muss dazu sagen, dass ich eine große Schwärmerin bin und mich schnell verliebe, immer aber in unerreichbare und um einiges ältere Männer oder Frauen. Es ist schön, verliebt zu sein und an jemanden zu denken. Doch spätestens, wenn mir klar wird, dass ich keine Chance habe oder mein Liebesbrief nicht gut ankommt, ist es scheiße. Dann verrenne ich mich meist in die nächste Geschichte, die dann oft im Bett beim Sex ohne Gefühle endet. Wenn dann wenigstens der Sex Spaß machen würde, wäre das noch akzeptabel, aber er gefällt mir nicht. Wie denn auch, wenn ich einfach nicht entspannt sein und mein Gehirn ausschalten kann. Stattdessen schwirrt mir im Kopf herum, ob ich gut genug aussehe, meine Bauchfalte verdeckt oder meine Schminke verschmiert ist. Und ob ich das mit dem Sex richtig mache. Kann man das überhaupt „richtig" machen?

Frau Walter betritt den Raum, und ich muss lächeln. Sie ist tatsächlich eine sehr schöne Frau mit rotbraunem, kinnlangem Haar und einer stark umrahmten Brille. Ein neues „Opfer", das wird mir klar. Am Ende der Stunde frage ich sie noch ein wenig über die Atemtechniken aus. Natürlich will ich von ihr auch wissen, wie lang sie noch die Vertretung sein wird. „Ich werde vermutlich für die nächsten Wochen einspringen müssen. Es ist gut, dass Sie mich darauf ansprechen, ich bräuchte noch jemanden, der mir die Themen zuschickt, die Sie schon durchgegangen sind. Meinen Sie, dass Sie das tun könnten?" „Ja, natürlich. Soll ich Ihnen eine Mail schicken?" „Gerne. Ich schreibe Ihnen meine E-Mail-Adresse auf." Wir verabschieden uns, und sie begleitet mich mit einem warmen Lächeln zur Tür.

Natürlich setze ich mich zu Hause sofort vor meinen Laptop, um ihr eine Nachricht zu schreiben. Ich beginne:

Liebe Frau Walter,

gerne sende ich Ihnen, wie ausgemacht, die Themen zu. Sie finden diese im Anhang. Ich war begeistert von dem Unterricht heute!

Schlafen Sie gut, Ihre Rachel Joy.

Anfangs muss man noch vorsichtig sein und nicht zu viele Komplimente geben, da kenne ich mich aus. Aber wenn der Kontakt erst einmal ein wenig hergestellt ist, kann ich zaghafte Annäherungsversuche starten. Ich bin gespannt, wann ihre Antwort kommt.

4

Chris holt mich mit seinem Auto ab, weil wir an den See wollen. Rasiert von Kopf bis Fuß und vorher noch 20 Crunches gemacht (als ob das einmal im Jahr etwas bringen würde), geht es los. Während der Fahrt reden wir über belanglose Dinge wie das Wetter oder wie wir unsere letzte Woche verbracht haben. Er erzählt, er war in München, weil dort ein wichtiges Meeting seiner Marketingabteilung stattfand. Wir, ich korrigiere, er und ich, steigen aus und suchen uns einen schönen Platz in der Sonne, an dem wir unsere Handtücher ausbreiten. „Komm, wir gehen gleich ins Wasser. Jetzt, wo es noch so schön sonnig ist", sagt Chris. Ich warne ihn schon mal vorsichtshalber: „Okay, gut. Aber wenn du versuchst, mich unter Wasser zu drücken, dann siehst du mich nie wieder." Er lacht darüber und sagt, dass er aus diesem Alter raus sei. Zum Glück ist Chris keine 18 mehr, sondern 35. Die kleinen Jungs von der Schulzeit dachten immer, man könnte das Herz eines Mädchens gewinnen, indem man es neckt und unter Wasser tunkt. As if!

Im Wasser streicht Chris mit seiner Hand immer wieder über meine Beine und dann langsam etwas höher. Gleichzeitig küssen wir uns im Takt der sachten Wellen des Wassers. Er küsst gut, aber seine Blicke find ich manchmal irgendwie abturnend, besonders dann, wenn er mich verliebt anschaut, so als wäre ich sein. „Sollen wir wieder raus? Ich habe Erdbeeren mitgebracht, die könnten wir essen", schlägt er vor. „Ja, gerne." Das ist süß von ihm. Die Erdbeeren sind köstlich und schnell aufgegessen. Meine Mutter sagt immer, Erdbeeren machen die Zähne weiß. Mir ist das vorher noch nie aufgefallen, aber seitdem ich das weiß, empfinde ich es in der Tat so. Und außerdem haben Mütter ja fast immer Recht. Mit dem Bleichen der Zähne kennt sie sich als Amerikanerin sowieso gut aus.

Chris und ich liegen noch eine Weile unter dem Birkenbaum, der uns etwas Schatten spendet. Wir küssen uns ein wenig. Ich möchte heim. Es ist anstrengend, drei bis vier Stunden am Stück zu küssen und zu lächeln und gut gelaunt zu sein. Ich wünsche mir, dass er erkennt, dass ich nach Hause will, ohne dass ich es sagen muss, mir fällt es nämlich immer schwer, meine Bedürfnisse zu äußern. Endlich, er hat es verstanden. Wir fahren zu mir und Fortuna lächelt, denn er fragt nicht, ob er noch mit hochkommen darf. Das ungewaschene Geschirr in der einsamen Wohnung empfängt mich, und ich gebe mich den Pflichten hin.

5

Einen Tag später mache ich mich nach der Uni auf den Weg zum Frauenarzt. Das halbjährliche Checkup steht an. Wie vor jedem Besuch bei der Frauenärztin bin ich auch heute unglaublich aufgeregt. Das Merkwürdige ist, dass diese Aufregung positiv ist. Ich freue mich auf die Untersuchung und darauf, mehr über mich und meinen Körper zu erfahren. Außerdem weiß ich, dass die Berührungen nicht sexuell sind, sondern das Ziel verfolgen, zu untersuchen, ob alles in Ordnung ist. Und Berührungen, die nicht nur auf einer sexuellen Basis beruhen, sondern auch in eine andere Richtung gehen, machen mich glücklich. Sowieso vermisse ich es ab und zu, eine schöne, warme Umarmung zu erhalten, die mein Herz erfreut und keine Erwartungen in sich birgt. Sowas von Männern zu verlangen, ist nahezu unmöglich. Okay, das klingt unfair. I am sorry?

Alles okay bei mir. Nicht schwanger, nicht krank. „Frau Joy, bei Ihnen ist alles gut, aber es ist lustig, Sie haben männlich aussehende Eierstöcke." Männlich aussehende Eierstöcke? Wie geht denn sowas? „Die Bläschen sind bei Ihnen nicht oval, sondern eher rundlicher. Das stellt eigentlich keine Probleme dar, aber es kann sein, dass Sie es etwas schwieriger haben werden, Kinder zu bekommen. Heute kann man das „Problem" aber relativ gut lösen."

Ich und Kinder. Vor wenigen Jahren noch wäre das unvorstellbar gewesen. Mittlerweile fände ich es doch ganz schön, vorausgesetzt, dass ich den richtigen Mann dazu gefunden habe, oder die richtige Frau.

Zu Hause angekommen gehe ich sofort an den PC und öffne Facebook (die Droge ruft), ich muss ja sehen, ob es Neuigkeiten gibt. Zwei Tage mal nicht online, da kann schon alles ganz anders sein. Tim ist nicht mehr mit Tina zusammen – Beziehungsstatus Single – oder Gloria und Mia sind keine Freunde mehr – Freundschaft gekündigt.

Dann ertönt auf einmal „you´ve got mail" auf meinem Computer. Das ist AOL. Und siehe da, ich habe eine E-Mail erhalten. Von Frau Walter:

Liebe Rachel Joy,

vielen Dank für die lieben Worte und die Zusendung der Themen.

Bis nächsten Montag,

R. Walter.

Das war´s schon? Ich habe mehr erwartet. Vielleicht eine Anfrage auf ein Date oder ein kleines Kompliment. Egal, dranbleiben. Ich beschließe, nicht zu antworten. Sie wird sicher darauf warten und traurig sein, dass ich ihr nicht schreibe, versuche ich mir einzureden. Dabei weiß ich doch, dass sie sicher eine heterosexuell-orientierte Frau ist, die womöglich schon Mann und Kinder hat.

6

Ein schrecklicher Tag ist heute. Ich bin hässlich, keiner mag mich, das Wetter ist scheiße, niemand schreibt mir, keine Neuigkeiten in Facebook, ich habe Hunger, bin müde, Halsweh, es ist Sonntag, mir ist langweilig und oh, habe ich schon gesagt, dass ich total schlimm aussehe? Ja, auch solche Tage gibt es. Ich weiß nicht, warum man immer wieder an so einen Punkt kommen muss, und ob daran die Hormone schuld sind, oder man das selbst bestimmen kann. Doch eines ist klar: Lustig ist es nicht. Man zweifelt an Allem und Jedem, man bemitleidet sich selbst und versucht oft nicht einmal, die Situation zu verändern. Anstatt nur zu bemerken, dass einem langweilig ist, oder man Hunger hat, könnte man doch einfach etwas unternehmen oder essen. Wobei, am Essen scheitert es bei mir nie. Ich gehöre zu denjenigen, die, im wahrsten Sinne des Wortes, fressen, wenn sie schlechte Laune haben. Ich beneide diese Menschen, die in solchen Situationen hungern können.

Auf Chris habe ich keine Lust mehr, er nervt mich. Ich denke, ich werde es beenden. „Es", was auch immer das ist, hat sowieso keine Zukunft. Wie ich ihm das sagen werde, ist mir noch nicht klar. Denn, wer mich kennt, weiß, dass ich noch nie richtig face-to-face eine Beziehung oder Affäre beendet habe. Entweder habe ich es über das Telefon geregelt oder ich habe so lange drumherum geredet, bis der andere verstanden hat, worum es geht und einfach gegangen ist oder selbst die Sache beendet hat. Da fällt mir ein, dass ich gar nicht wirklich besser bin als Marcel, der die „Beziehung" per MSN abgebrochen hat.

So langsam sollte ich lernen, zu meinem Entschluss zu stehen, aber es fällt mir immer schwer, eine Person zu verlassen. Ich möchte die Freundschaft beibehalten und nur auf das Sexuelle verzichten. Es scheint bloß so, als wollten die Partner das nicht. Deren Motto lautet: Ganz oder gar nicht!

In Facebook stalke ich ein wenig umher und schaue mir Bilder von Chris an. Chris auf Mallorca, Chris im Europapark, Chris zu Hause, Chris mit Freunden. Ich fühle nichts dabei. Dann suche ich gewohnheitsbedingt Professoren meiner Uni, die Interesse an mir haben könnten. Das Interesse beurteile ich daran, ob sie mich anlächeln und immer grüßen, wenn ich meine Runden drehe. Boris Dahl, ein Professor meiner Uni. Ich füge ihn hinzu. Wer weiß, vielleicht nimmt er ja das Freundschaftsangebot an. Wenige Minuten später schreiben wir im Chat. Da meine Natur sehr offen ist und ich schnell Dinge erzähle, auch wenn diese ziemlich privat sind, weihe ich Boris in meine starke Anziehung gegenüber Frau Walter ein. Er findet sie auch „nicht schlecht" und ermutigt mich dazu, es weiter mit ihr zu versuchen. Wir schreiben etwa eine Stunde lang, und mir geht's wieder besser. Es interessiert sich eben doch jemand für mich. Insgeheim hoffe ich aber, dass es mit Boris, ich darf ihn duzen, nicht so weit kommt. Ich möchte das mit Chris doch gerade beenden, weil ich genug von diesen Geschichten habe, und nicht, weil der nächste an die Reihe kommen soll. Außerdem ist er 43 und verheiratet.

7

Wieder einmal Montag. Ich schminke mich heute besonders intensiv und verrucht, um Frau Walter zu gefallen. Mein mittellanges, momentan braunes Haar – ich färbe meine Haare etwa alle zwei Monate, weil ich Veränderung brauche – pflege ich mit der „Wunderkur" von John Frieda. Dann noch drei Spritzer Parfum und es kann losgehen. Ein eigenes Auto habe ich nicht, dazu fehlt mir das Geld (ich arbeite auf Minijobbasis in einem Sonnenstudio) und außerdem amüsiert es mich, morgens im Bus zu sitzen und die Menschen zu beobachten oder freundliche Blicke einzufangen.

Als ich Frau Walter im Gang der Universität treffe, lächelt sie und grüßt mich mit einem „Guten Tag, Frau Joy. Vielen

Dank noch mal für Ihre Hilfe." „Aber gerne, geht es Ihnen gut? Freuen Sie sich darauf, uns später unterrichten zu dürfen?" „Mir geht es gut, danke. Und ich freue mich sehr!" Sie zwinkert mir zu, und mein Herz schlägt schneller. Sie hat mir zugezwinkert! Das muss einfach etwas heißen! Im Literaturunterricht gehe ich immer und immer wieder das Szenario mit Frau Walter durch und versuche, jede Gestik und Mimik zu durchleuchten. Einmal ist sie mit der linken Hand durch ihr Haar gefahren, wenn das nicht eine Flirtgeste war? Klar, dass ich wieder etwas zu viel interpretiere, aber es macht mich einfach glücklich.

Frau Walter unterrichtet uns zwei Stunden und diese zwei Stunden koste ich voll aus. Ich versuche, jeden Blick, jedes Wort und jede Bewegung von ihr einzufangen. Nach der Stunde geht sie auf mich zu: „Frau Joy, ich habe Sie in Facebook aufgesucht und in Ihrem Status gelesen, dass Sie sich hässlich fühlen, Ihnen niemand schreibt und Ihnen langweilig ist." Oh nein, wie peinlich, denke ich mir. Wieso schreibe ich nur immer so einen Mist in meinen Status? Und wieso habe ich meine doofe Pinnwand für Fremde nicht gesperrt? Sie muss denken, ich bin der totale Loser. „oh… das ist mir jetzt extrem peinlich. Das war so eine Spontanaktion und ich war betrunken. Das kennen Sie ja sicher, wenn manchmal alles doof ist. Blöd nur, wenn man das durch die Statusnachricht praktisch der ganzen Welt mitteilt." „Also ich fand es irgendwie süß. Und übrigens sind Sie sehr schön, aber das wissen Sie bestimmt." „Vielen Dank, das Kompliment kann ich nur zurückgeben." In bester Laune mache ich mich am Nachmittag auf den Heimweg.

Um 17 Uhr muss ich zur Arbeit. Im Sonnenstudio zu arbeiten ist viel anstrengender, als man vermutet. Als ich mich bewarb, dachte ich, man sitzt an der Theke, lächelt, bringt die Kunden zu ihren Kabinen, putzt hinterher ihren Schweiß weg und geht dann wieder an die Theke, um erneut zu lächeln. In Wahrheit aber reicht das nicht aus. Man muss vorher putzen, hinterher putzen, Boden aufwischen, Wäsche waschen, Cremes verkaufen, Inventur machen und vieles mehr, sitzen darf ich auch nicht. Ich kann mich noch genau an meinen Probetag erinnern, als ich am nächsten Morgen mit höllischem Muskelkater in den Armen und Beinen aufgewacht bin.

Nach der Arbeit ruft Chris an. Er will mich treffen. Mist, ich habe ja noch gar nicht Schluss gemacht. Ich sage ab: „Ich habe keine Zeit, sorry."

8

Boris und ich chatten fast jeden Abend miteinander. Er erzählt mir, dass er in seiner Ehe nicht sehr glücklich ist und ich erzähle ihm von meinen „Erfolgen" bei Frau Walter. Wir schreiben über sehr private Dinge und ab und zu geht es auch ins Sexuelle. Ich muss vorsichtig sein, es scheint, als wollte er mich treffen, außerhalb des Chats und der Uni.

Frau Walter hat mich mittlerweile in Facebook geaddet, auch mit ihr schreibe ich heute. Ob sie einen Freund hat, weiß ich (noch) nicht. Sie erzählt mir, dass sie gerne spazieren geht und Museen besucht. Das finde ich auch gut, vielleicht sollte ich vorschlagen, dass wir mal zusammen eines besuchen könnten. Oder ich lade sie ins Theater ein.

Da bekomme ich manchmal Freikarten, weil meine Mutter Opernsängerin ist.

Boris möchte ein Date. „Wie wäre es, wenn ich dich mal besuche?" ich bin kurz sprachlos, tippe dann aber „Ja, ok. Wann hast du Zeit?" habe ich gerade tatsächlich „Ja" gesagt? Rachel, was machst du nur? „Morgen Abend hätte ich Zeit. So gegen 20 Uhr. Du verstehst doch, dass wir zu dir müssen oder?" „ja, ich weiß. Deine Frau, und die Studenten, die uns sehen könnten. Das geht klar." Das Date ist ausgemacht. Ich sage ihm noch, wo ich wohne und gehe off. Ich bin aufgeregt. Ich mag Boris, aber ob ich ihn wirklich attraktiv finde? Mein Typ ist er ja nicht gerade. Es geht nicht immer ums Aussehen, versuche ich mir klarzumachen. Und seine Frau? Bisher ist ja noch nichts passiert. Wenn er meint, fremdgehen zu müssen, dann ist das seine Schuld und nicht meine. Genauso rede ich immer zu mir selbst, wenn sich mein schlechtes Gewissen meldet.

Ich rufe Marie an, weil ich hoffe, dass sie mich aufmuntert. Sie hingegen ist entsetzt: „Rachel, er hat eine Frau und ist Professor an deiner Uni. Und auch sonst, er ist viel zu alt für dich."

„Ich weiß doch, aber es spricht nichts gegen ein Treffen, oder?"

„Er geht zu dir nach Hause, nachts, allein. Das sagt doch schon alles."

„Ach was, du spinnst. Als ob da viel passieren würde."

„Wir sprechen hinterher noch mal, ja? Ich bin echt gespannt. Und pass auf dich auf, ja?".

„Ja, ja. Bis dann."

Es ist wieder an der Zeit, meine Eltern anzurufen. Wenn sie nur wenige Tage nichts von mir hören, bekommen sie Panik und drohen damit, die Polizei zu alarmieren. Früher in meiner Schulzeit war es noch schlimmer. Wenn ich nur zehn Minuten später zu Hause war, als abgemacht, war meine Mutter vor Sorge schon kurz vorm Durchdrehen. Heute reicht es auch aus, wenn ich alle drei Tage eine Nachricht schreibe oder sie sehen, dass ich online bin. Mein Vater erzählt mir, wie es unserer Hündin Shira geht, dass sie gerade eben ihr Futter bekommen hat, aber immer noch bettelt. Shira ist ein hebräischer Name und steht für Poesie und Lied. Sie ist ein Schäferhund-Collie-Mischling und ein ganz süßer und liebenswerter Hund. Dann klagt mein Vater wieder über irgendetwas – er ist kein sehr positiver Mensch – diesmal über die schlechte Aufmachung einer Müsliverpackung. Er ruft meine Mutter ans Telefon. Mit ihr kläre ich, wann ich „endlich" wieder vorbeischaue und welche Termine sonst so anstehen.

„Bye Rachel, I love you".

"Bye bye, mom".

"What about I love you, too?"

"I am soooooo sorry. Of course I love you, too."

9

Donnerstag und es donnert. Ob das ein Zeichen sein soll? Immerhin ist in zehn Stunden das Date mit Boris. Ich mache mich auf den Weg zur nächsten, und so wie es aussieht, letzten Vorlesung des heutigen Tages. Mittags gehen ein paar Studenten und ich zusammen etwas essen. Es gibt drei oder vier Kommilitonen, mit denen ich mich sehr gut verstehe, aber keiner wird wohl je an die Position von Sophie und Marie gelangen. Selbst in dieser Gruppe haben fast alle einen Freund. Nora erzählt von Pierre, Nadja von Thomas und Nico von Jana. Alle glücklich und zufrieden. Ach, wie schön das sein muss. Wartet nur ab, denke ich, das Liebesglück währt nicht ewig.

Nachdem sich alle darüber unterhalten haben, wie superglücklich sie momentan sind, geht das Lästern los. Das ich das noch in diesem Alter erleben muss? Ich dachte, das wäre für 14 oder 15-jährige Teenager typisch. Aber falsch, bis ins hohe Alter von Mitte 20 zieht sich dieses „Sie-sieht-total-komisch-aus-er-ist-sowas-von-eklig-und-sie-schminkt-sich-viel-zu-stark"-Gerede durch. Einfach nur dumm. Ich möchte ja nicht sagen, dass ich mich niemals böse über andere äußere, aber zumindest tue ich es nicht so oft und nicht wegen solcher unnötigen, oberflächlichen Beobachtungen. Wenn die nur wüssten, dass ich heute ein Date habe – mit unserem Prof. Ich muss kichern.

Um 17 Uhr bin ich zu Hause. Wenn ich Boris etwas anbieten möchte, sollte ich dringend einkaufen gehen. Ich kaufe Apfelsaft, Orangensaft, Kekse, Salzstangen – und Sangria. Den ich aber nicht mit ihm trinken möchte, das wäre gefährlich. Das letzte Mal, als ich Sangria getrunken habe, war mit 18, und da war Dana dabei. Das war die erste Frau, mit der ich geschlafen habe. Wir hatten einen DVD-Abend geplant und ich habe das erste Mal Sangria probiert. Hinterher lagen wir zusammen in ihrem Bett, und ich lernte die Welt der homosexuellen Liebe kennen. Es passierte an unserem 17ten Date (ich kennzeichne jedes Date mit einer Zahl und dem Namen in meinem Kalender). Es war sehr aufregend und neu, dennoch kam es mir überhaupt nicht unnormal oder falsch vor. Es war ein sanfter Austausch von Zärtlichkeiten und hinterher wusste ich für mich sicher, dass ich auch Frauen mag. Vorher habe ich es immer nur vermutet und mich öfter in Frauen verliebt. Aber ohne sexuelle Erfahrung, so denke ich, weiß man es einfach noch nicht 100 Prozent. Schwierig wurde es, als Dana den Wunsch äußerte, mit mir eine Beziehung zu führen. Ich hatte sie so gerne und wir waren auf einer Wellenlänge, aber etwas Festes wollte ich nicht. Bis heute ist es so geblieben und ich glaube, sie war damals ziemlich enttäuscht. Wir hören ab und zu etwas voneinander. Jedes Mal, wenn ich sie sehe, bereue ich es doch ein wenig, dass ich nicht fähig bin, mich auf sie einzulassen.

20 Uhr und ich sterbe vor Nervosität. Immer wenn ich sehr nervös bin, wird mir ganz schlecht und mein Darm spielt verrückt. Ich höre sein Auto unten parken. Ein letzter Blick in den Spiegel und ich empfange ihn an der Tür. Wir umarmen uns zur Begrüßung, und mein erster Gedanke ist: „Oh nein, wieso ist er gekommen? Hätte er nicht absagen können?" Ich bin mal wieder total im Zwiespalt.

Ich biete ihm etwas zu trinken an. Er möchte Wasser, und wir setzen uns. Ich bin stolz auf die Gestaltung meiner Wände und froh, dass er mich darauf anspricht. Die eine Seite meiner Wand ist mit hellrosa und dunkelrosa DINA4-Blättern als Schachbrettmuster aufgebaut. Jedes Blatt enthält in schwarz ein Fremdwort und die Erklärung darunter. Ich liebe Fremdwörter. Die andere Wand ist mit Bildern schöner Frauen in Unterwäsche geschmückt und enthält Glaubenssätze wie „Ich weiß was ich will" oder „Ich kann alles schaffen".

„Was hast du deiner Frau erzählt, wo du heute bist?"

„Sie denkt ich bin joggen mit Rebecca, also Frau Walter, das mache ich nämlich zwei Mal die Woche."

„Soso, du gehst also mit ihr laufen? Mit meiner Herzensdame?"

„Bist du etwa eifersüchtig?"

„Ja." Und ob ich das bin.

„Wegen mir oder wegen ihr?"

„Natürlich bin ich wegen ihr eifersüchtig, was denkst du denn?" Wahrscheinlich bin ich wegen beiden eifersüchtig. Ich bin bei allem und jedem eifersüchtig. Selbst wenn jemand dieselbe Person mag, die ich auch mag. Das ist ganz schlimm.

„Das ist aber schade."

„Tja, ich würde sagen: Das ist Pech. Und nun lass die Finger von ihr." Entgegne ich mit einem Grinsen.

„Du weißt aber schon, dass sie einen Freund hat, oder?"

„Nein, das wusste ich nicht. Außerdem hindert das mich sicher nicht daran, sie anzumachen."

„Na dann bin ich mal gespannt, liebe Rachel. Halt mich auf dem Laufenden."

Wir müssen lachen. Kurz darauf ist es still – das ist der Moment, den ich immer so sehr fürchte. Der Moment des Schweigens. Der Moment, den er nutzt, um mich zu küssen. Ich mache mit. Er hat relativ schmale Lippen, aber sie funktionieren gut mit meinen Vollen. Einen „Magic Moment" beim Kuss gibt es dennoch nicht. Wenige Minuten später liegen wir im Dunkeln auf meinem Bett. Wir knutschen eine Weile, reden über Gott und die Welt, aber mehr passiert nicht. Das ist ja gerade noch gut gegangen. Um 23 Uhr macht er sich auf den Weg nach Hause. Ich liege in meinem Bett und lasse den Tag Revue passieren. Hat es mir gefallen mit Boris? Schwierig zu sagen. Aber ich freue mich, als ich vorm Einschlafen auf mein Handy sehe und eine SMS von ihm erscheint.

10

Boris und ich telefonieren täglich. Wir haben uns viel zu sagen, was sehr schön ist. Seine Frau ist für zwei Wochen auf Geschäftsreise, daher klappt das Telefonieren so gut und er muss sich nicht irgendwo in der Garage oder im Keller verstecken. Wenn wir uns in der Uni begegnen, huscht meist nur ein schüchternes „Hallo" über meine Lippen und er wird etwas rot. Wir haben uns bisher schon drei Mal getroffen und heute ist das vierte Date. Es passiert relativ schnell. Auf einmal sind wir nackt und er fragt, ob er das Kondom holen soll. Ich halte inne und überlege für eine halbe Ewigkeit, so kommt es mir vor. „Okay, hol mal. Dann sehen wir weiter." Er streift sich das Plastik – oder aus was ist das Ding? Latex, Silikon, wie auch immer, über seinen Schaft und dreht sich wieder zu mir. Ich fühle mich etwas überrumpelt, denn bevor ich etwas sagen kann, sind wir schon dabei und er dringt in meinen Körper ein. Einerseits habe ich große Lust, andererseits bin ich etwas überfordert. Ich lasse es mit mir geschehen und versuche, Spaß zu haben. Fehlschlag. Zumindest hat es nicht so sehr wehgetan, wie das manchmal der Fall ist.

Bei meinem ersten Sexpartner, diesem Fitnesstrainer, hatte ich manchmal das Gefühl, mein Magen und mein Darm kämen gleich aus meinem Mund. So fühlte es sich zumindest an. Es wundert mich noch immer, dass ich seither keine Komplikationen oder Verwundungen davongetragen habe.

Boris hat den Gipfel der Lust nicht erreicht. Kurz werde ich unsicher und befürchte, ich bin nicht anziehend genug. Er führt es aber darauf zurück, dass er ein schlechtes Gewissen gegenüber seiner Frau hat, was ich gut verstehen kann. Wäre auch komisch, wenn er es nicht hätte – er meint ja immer, er liebe sie (noch). Boris streichelt meinen Rücken und fährt mir langsam durchs Haar. Nach 15 Jahren Ehe kann ich es nachvollziehen, wenn man etwas Neues sucht, noch einmal das Verliebtsein erfahren möchte. Ich sehe in seinen Augen, dass er noch nicht gehen möchte, aber ich will auf keinen Fall, dass er übernachtet. Das wäre mir zu intim. Außerdem müsste ich ihm dann etwas zu frühstücken anbieten, und damit habe ich eindeutig ein Problem. In jeder Situation, in der ich mit jemandem alleine bin, egal ob männlich oder weiblich, fühle ich mich besonders unwohl, wenn wir zusammen essen. Ich meide dies also so gut es geht. Es ist schon nervenaufreibend genug für mich, überhaupt jemanden zu daten oder alleine zu treffen. Wenn das Essen noch dazu kommt, bin ich überfordert – ich bin mir nicht sicher, ob man es mir ansieht, aber es gab öfter Kommentare von meinem Gegenüber, die dies vermuten lassen („Du wirkst, wenn man dich in der Öffentlichkeit kennen lernt, viel offener und mutiger, als so, wenn man dich allein trifft. Plötzlich bist du extrem schüchtern.")

Als Boris weg ist, setze ich mich ans offene Fenster meiner Wohnung. Ab und zu rauche ich eine Zigarette, wenn ich in Stimmung bin. Ich weiß, dass das ungesund ist, und ich muss auch gestehen, dass ich es nicht schön finde, wenn Menschen auf der Straße gierig daran ziehen. Es schmeckt irgendwie doch ganz gut und wenn es nur selten ist, dann ist das wohl akzeptabel. Außerdem rauche ich „die Leichten". Ich kann von hier super beobachten, was halb Deutschland macht. Wirklich, ein hervorragender Ausblick. Die Gefahr besteht nur, dass auch ich beobachtet werden kann, da ich nicht einmal Jalousien habe (stattdessen hänge ich Schals mit Pinnnadeln ans Fenster). Ein Fernglas fehlt hier noch. Das wünsche ich mir am besten zum Geburtstag.

Genauso wie ich es nicht nachempfinden kann, wie es möglich ist, sich als Frau nicht in eine andere zu verlieben, können andere nicht nachvollziehen, wie man sich als Frau in eine Frau, eine Gleichgeschlechtliche, verlieben kann. Es fällt mir wirklich nicht leicht zu akzeptieren oder zu verstehen, wenn Bekannte von mir, oder auch Marie und Sophie sagen, sie könnten sich überhaupt nie etwas vorstellen mit dem gleichen Geschlecht. Frauen sind schön, sie riechen gut, sie schmecken gut, sie sind zärtlich, haben weiche Haut, eine sanfte Stimme – da kann man doch gar nicht nein sagen. (Na gut, realistisch gesehen ist nicht jede Frau mit diesen Worten zu beschreiben, aber sicher der Großteil). Und Frau Walter gehört zum Großteil. Sie hat uns am Montag mitgeteilt, dass sie uns bis Ende des Semesters übernehmen wird. Ich habe also noch etwas Zeit, sie kennen zu lernen.

Nach der Stunde gehe ich wieder zu Frau Walter. Ich hoffe, dass es nicht langsam auffällt und die anderen Studenten auf die Idee kommen, mich darauf anzusprechen. Ich habe mir leider keinen Grund überlegt, den ich angeben könnte, um zu ihr zu gehen. Egal, ich lächle sie einfach an und hoffe darauf, dass sie etwas sagt.

„Rachel, was gibt's?"

„Ach, ich weiß auch nicht. Ich dachte Sie haben mir vielleicht etwas zu erzählen."

„Ich wüsste nicht, was."

„Das ist schlecht. Ich weiß nämlich auch nichts."

Wir beide schauen uns an und sie erwidert mein Lächeln. Daraufhin drehe ich mich um und laufe in Richtung Ausgang. Da höre ich, wie sie meinen Namen ruft.

„Rachel!" Frau Walter folgt mir ein paar Schritte.

„Ja?"

„Mir ist noch etwas eingefallen."

„Gut. Was gibt's?"

„Ich würde mich gerne mit Ihnen treffen."

Ich kann mein Strahlen nicht unterdrücken und ich muss sicher rot sein wie eine Tomate. Gleichzeitig wird mir ganz warm und ich weiß nicht, was ich darauf erwidern soll.

„Möchten Sie nicht?", fragt sie.

„Klar, möchte ich. Ich wollte es nur spannend machen, indem ich nicht sofort antworte." Ich zwinkere ihr zu und unsere Wege trennen sich.

Zu Hause angekommen fällt mir ein, dass Rebecca und ich überhaupt kein Datum oder eine Uhrzeit für unser Date ausgemacht haben. Kann ich es denn als Date bezeichnen? Was ist, wenn ihre Absicht, mich zu sehen, rein gar nichts mit einem Rendezvous zu tun hat? Immerhin hat sie einen Freund. Ich brauche Ablenkung, sonst mache ich mich damit noch verrückt. Ich rufe Chris an. Er hat Zeit für mich, klar hat er das. Wir verabreden uns, das Alte Schloss zu besichtigen. Mir gefällt es, dass Chris immer besondere Ideen für unsere Treffen hat.

„Wieso haben wir uns die letzten zwei Wochen gar nicht mehr gesehen?" Er schaut mir tief in die Augen.

„Ich weiß nicht. Können wir über was anderes reden?"

„Mir ist es wichtig, das zu wissen. Ich möchte nichts falsch machen."

„Ich habe dir doch gesagt, dass ich mir nichts Ernsthaftes vorstellen kann, also bin ich auch nicht verpflichtet, mich oft bei dir zu melden oder nur dich zu sehen."

„Ja das ist auch okay. Nur… ich mag dich einfach sehr."

„Das wollte ich vermeiden. Aber um dich zu beruhigen, du machst nichts falsch. Es liegt in dem Fall wirklich einfach an mir oder an der Biologie meines Körpers und meinen Erbanlagen, die dich einfach nicht als Idealpartner identifizieren." Oh, ich glaube das war zu hart ausgedrückt. Und gemein.

Ja, das war es. Er ist nämlich still und sein Blick trifft den Boden. „Es liegt an mir und nicht an dir" – das ist doch normalerweise so eine typische Aussage von Männern, wenn sie mit ihren Freundinnen Schluss machen – wieso verwende ich so Sprüche auf einmal?

„Tut mir leid, Chris."

„Ist okay." Nichts ist okay, das höre ich in seiner zittrigen Stimme und ich sehe es in seinen traurigen dunkelbraunen Augen.

Der Rest des Abends verläuft eher melancholisch. Wir reden zwar nach wenigen Minuten wieder miteinander, dennoch liegt die Schwere meiner Aussage in der Luft. Aber ich habe die Wahrheit gesagt und ihm nichts vorgemacht. Von Anfang an. Es ist evolutionsbiologisch so festgelegt, dass wir uns per Geruch und mit Hilfe der sogenannten MHC-Gene einen Partner aussuchen, dessen Anlagen sich von unseren eigenen unterscheiden. Und Chris ist da wohl nicht der ideale Partner für mich, sonst würde ich ihn mehr wollen als ich es gerade tue. So einfach ist das zu erklären. Alles Biologie.

12

Das mit Boris geht nun bereits einen Monat. Wir haben uns in dem Monat nicht so oft getroffen, aber viel Kontakt gehabt, per Chat oder Telefon. Ich bin verliebt (oder verknallt?), aber froh, dass er eine Frau hat, die er nicht so schnell verlassen würde. Für eine Beziehung wäre ich jetzt nämlich nicht bereit. Wir telefonieren und besprechen, wie es weitergehen könnte.

„Es ist auf jeden Fall schwierig", stelle ich fest.

„Ja, das ist es wirklich. Weißt du, ich habe gedacht, es ginge nicht, aber ich liebe euch beide, dich und meine Frau, jeden anders und doch beide gleichzeitig!"

„Liebe?" hat er das gerade tatsächlich so bezeichnet? Er liebt mich? Mir hat noch nie ein Mensch (ausgenommen meiner Freunde oder Eltern) gesagt, dass er mich liebt.

„Ja, Liebe. Ich finde es ziemlich abgedroschen und wahrscheinlich liegen zwischen euch Welten, was die Art angeht, dennoch kommt es mir so vor, als sei das Wort richtig."

„Okay. Wenn du das Wort für richtig hältst, dann bin ich gerührt."

„Das ist schön. Eigentlich wollte ich es dir nicht sagen, da es unsere Situation nicht gerade vereinfacht. Allerdings bedeutet es auch, dass ich dich gehen lassen kann und nicht mehr so abhängig bin, da es etwas gibt, was uns immer verbindet, egal was ist, und was sein wird."

Um zu antworten, bedürfte es eines klaren Kopfes, den ich leider nicht habe, also schweige ich.

„Alles okay", höre ich ihn am Ende der Leitung fragen.

„Ja, alles okay. Ich habe nur keine Antwort parat."

„Na gut. Ich muss jetzt sowieso meinen ehelichen Pflichten nachgehen."

Eheliche Pflichten? Oh je, was soll denn das heißen? Er hat mal eben Sex mit seiner Frau, damit sie zufrieden ist und keinen Verdacht schöpft? Seltsam ist das. Immer wieder kommt die Idee in mir hoch, dass die Affäre, die Boris mit mir hat, seine Ehe retten könnte. Wäre das nicht unglaublich? Ich, Rachel, die Retterin der Ehe. Da hätte ich mal was Gutes getan, anstatt nur Pärchen auseinander zu bringen und Ehen zu zerstören. Und so illusorisch ist diese Idee gar nicht, denn oft erkennt man das für sich Wichtige erst, wenn man etwas Neues kennen lernt oder nah daran ist, das andere, Gewohnte zu verlieren. In dem Fall lernt Boris mich neu kennen, hat eine Weile Spaß mit mir, kehrt dann aber wieder zurück zu seiner Gefährtin und liebt sie mehr denn je. Würde ich das so leicht hinnehmen, wenn es so wäre, oder hängt mein Herz doch mehr an Boris, als ich denke?

Alle paar Wochen fahre ich am Wochenende nach Hause zu meinen Eltern. Eine Stunde und 40 Minuten musste ich soeben warten, weil mein erster Zug 30 Minuten später ankam. Das war bestimmt wieder ein Selbstmörder, der sich vor den Zug geworfen hat. Okay, das war gemein. Sorry. Endlich sitze ich hier und genieße die Landschaft, die an mir vorbeizieht. Grün, gelb und etwas orange. Gegenüber von mir sitzt ein etwas rundlicher, älterer Herr mit Brille, der die BILD-Zeitung liest. Weil ich höflich bin, lächle ich ihn an, wenn er zu mir raufschaut. Er hat es falsch gedeutet, das merke ich, als er mich anspricht.

„Wohin fahren Sie, wenn ich fragen darf?"

„Nach München. Und Sie?" Ich hätte keine Gegenfrage bringen müssen, aber nur antworten wäre auch nicht nett gewesen.

„Ich fahre nach Stuttgart. Ich glaube, das ist ein oder zwei Stationen vor München."

„Ja, genau. Ich glaube auch."

Das war es, denke ich. Für die nächsten paar Minuten stimmt das auch, aber dann versucht er einen neuen Anlauf:

„Woher kommen Sie denn?"

„Aus Mannheim", lüge ich. „Ah wie schön. Da war ich auch einmal. Vielleicht besuche ich Sie dort und Sie spielen Stadtführer?"

NEIN, bist du irre, denke ich. „Ja, vielleicht", sage ich. Als er aussteigt, gibt er mir noch seine Visitenkarte und sagt, dass er auf meinen Anruf wartet. „Ja, ja ich melde mich dann", versichere ich ihm. Die anderen Passagiere müssen kichern, da sie meine Lage genau erkannt haben. Eine Minute später ist die Karte im Zugmülleimer. Im Mülleimer mit dem restlichen Müll.

13

Lya ist meine vier Jahre ältere Schwester. Dieses Wochenende ist sie auch bei unseren Eltern zu Besuch. Sie arbeitet als Ergotherapeutin in Berlin und schafft es zumindest alle vier bis sechs Wochen, für ein Wochenende nach München zu kommen. Es ist schön, sie hier zu treffen. Ich schaffe es nur sehr selten zu ihr nach Berlin. Sie bringt mich dann immer auf den neusten Stand ihres Lebens. Andersherum ist es leider nicht so, da sie meine Geschichten gar nicht wirklich hören will. Denn dann macht sie sich nur Sorgen und meint, mir helfen zu müssen. Es ist besser, wenn sie nicht so viel von mir weiß. Das Problem, haben wir beide herausgefunden, ist, dass sie eher meine „Ersatzmutter" spielen möchte, ich sie aber gerne als beste Freundin sehe.

Shira, unsere Mischlingsdame, begrüßt mich mit einem bösartigen Bellen, gefolgt von einem Winseln und einem freudigen Anspringen, als sie erkennt, wer ich bin.

Es ist Mittag und wir gehen als Familie zusammen essen. Um die Ecke ist unser Lieblingsitaliener, den wir schon seit Jahren regelmäßig besuchen. Seit fünf Jahren esse ich dort auch die Pizza Verdura und trotzdem krieg ich nicht genug davon. Der hübsche Kellner mit dem braungebrannten Gesicht und den dunklen Augen lächelt zuerst Lya, dann mich und dann meine Eltern an, bevor er die Bestellung aufnimmt. Mir ist klar, dass gleich die Diskussion losgeht:

„Mich hat er zuerst angeschaut. Hah, gewonnen", behauptet Lya.

„Ja, das mag sein, aber als er mich gesehen hat, haben seine Augen zusätzlich geleuchtet und sind länger haften geblieben", kläre ich auf.

„Nein. Stimmt nicht."

Lya und ich schauen uns gespielt böse an und verkneifen uns solange das Lachen, bis wir in Gelächter ausbrechen. So geht das schon, seit wir in der Pubertät sind. Immer wurde darauf geachtet, wer mehr Blicke einfangen konnte und immer haben wir dann diskutiert, wieso welcher Junge wohl wen von uns besser fand.

Die Zeit vergeht viel zu schnell und schon ist es Samstagabend. Ich helfe meiner Mutter dabei, ihren allseits geliebten Schokokuchen zu backen, während Lya mit ihren Freunden etwas trinken geht. Meine Mom weiß noch nichts davon, dass ich auch Frauen mag. Bevor ich nicht eine ernsthafte Beziehung mit einer Frau eingehe, muss sie das auch nicht wissen. Ein Problem hätte sie damit nicht, denke ich, denn einige ihrer Freunde sind schwul, und daran hatte sie nie etwas auszusetzen. Enkelkinder wünscht sie sich jedoch sehr, es kommt immer wieder vor, dass sie davon schwärmt, wie es wäre, endlich Enkelkinder zu haben. Unmöglich ist das ja nicht, mit einer Frau an meiner Seite. Adoption, künstliche Befruchtung – heute ist so vieles möglich. Und außerdem gibt es ja noch Lya. Dann muss sie eben ein paar Kinder mehr zur Welt bringen...

14

„Was würdest denn du an meiner Stelle machen?"

Sophie denkt eine Weile nach und antwortet dann: „Also das ist natürlich schwer für mich zu beurteilen, weil ich mich nicht so ganz in deine Lage hineinversetzen kann. Ich würde mal sagen, dass du dir da vor allem klar werden musst, was du willst. Immerhin setzt Boris viel aufs Spiel, und wenn er sich sogar von seiner Frau trennt, wegen dir, dann will er sich natürlich auch sicher mit dir sein."

„Ich denke nicht, dass er das tun würde, auch wenn er es angedeutet hat."

„Das weiß ich auch nicht. Aber es hört sich danach an. Rachel, ich kenne dich nun einmal sehr gut. Du verliebst dich und ihr versteht euch gut, könnt über vieles reden, und das tut dir persönlich auch sehr gut, aber sobald es sexuell wird und dir die Person zu nahe kommt, machst du dicht.

Womöglich auch, weil du einfach Angst hast, wieder so fallen gelassen zu werden wie damals mit Marcel."

„Hmm."

„Und nun bist du einfach vorsichtiger geworden, was ich auch gut verstehen kann. Du darfst ihm aber auf keinen Fall etwas vormachen, und Ehrlichkeit ist natürlich eh das Wichtigste. Wenn du ihn wirklich magst oder gar lieben solltest, dann kann es dir auch egal sein, was andere denken."

Als sie eine kleine Pause zulässt, stelle ich fest: „Sophie, du hast es auf den Punkt gebracht."

„Danke. Wir sind nicht umsonst beste Freundinnen. Weißt du, ich werde es nur einfach nie vergessen wie es mit Pédro gelaufen ist, er war so verliebt und du warst es auch, aber irgendwann nicht mehr, und dann hast du dich nicht getraut, ihm das zu sagen. Er hatte keinen blassen Schimmer, was ihn erwartet. Über so etwas muss man einfach miteinander reden. Klar überstürzen ist nicht gut – aber der Arme, denke ich, leidet heute noch darunter. Vor allem auch, weil du einfach undurchschaubar bist. Du flirtest gerne und bist da sehr offen und direkt."

„Ach, Sophie. Du bist ja sogar fast besser als meine Psychologin."

„Du bist süß. Aber ja, also was ich dir einfach sagen will: Sei ehrlich zu Boris und mach ihm nichts vor. Das ist nicht böse gemeint, aber ich weiß ja, dass du eine Person bist, die sehr harmoniebedürftig ist und Streit und Diskussionen lieber aus dem Weg geht."

„Danke. Ich muss mir wirklich mal Zeit nehmen, darüber nachzudenken, bevor sich alles intensiviert und ich nicht mehr aus der Sache herauskomme."

„Mach das. Und melde dich doch, wenn es Neuigkeiten gibt."

Es ist Zeit für ein Glas Wein. Oder zwei. Mich strengen ernste Gespräche ziemlich an. Ich denke ungern so viel nach und verdränge immer schnell.

Sie ist am Telefon. SIE. Geht das denn? Meine Nummer hat sie wohl irgendwie vom Sekretariat bekommen. Ich kann es nicht fassen: „Rachel, mir ist heute Mittag eingefallen, dass wir gar keinen Termin ausgemacht haben für unser Treffen. Ich dachte, ich rufe einfach mal an."

„Ja… wow."

„Ich hoffe, das ist in Ordnung und Sie fühlen sich nicht überrumpelt. Oh und ich habe Sie nicht geweckt oder?"

„Nein, keine Sorge. Ich gehe erst so um 23 Uhr ins Bett. Sie haben also noch eine Stunde."

Ich höre sie kurz auflachen.

„Ich denke nicht, dass das Telefonat eine Stunde dauern wird. Also, wann haben Sie denn Zeit?"

„Am Wochenende? Freitagabend?"

„Das geht."

Wir besprechen den Ort und die Uhrzeit und ich trage den Termin mit rosa Schrift und drei Herzchen in meinen Kalender ein. Dahinter steht eine Eins, für Date Nummer eins. Womöglich ist mein Alkoholpegel daran schuld, dass ich kurz darauf diese Frage stelle: „Frau Walter, haben Sie jemals etwas für eine Frau empfunden?"

„Nun ja, Sie wissen, dass das sehr privat ist."

„Ja, und es tut mir leid. Ich hätte nicht fragen sollen."

Sie zögert. „Ich möchte Ihnen eine ehrliche Antwort geben, aber ich frage mich, was Ihre Absicht ist, mir diese Frage zu stellen?"

„Das ist eine gute Frage. Es hat mich einfach interessiert. Sie wirken auf mich wie jemand, der auch andere Frauen mögen könnte."

„Na, Sie haben wohl ein gutes Gespür für so etwas."

„Oh. Also, Heißt das nun, dass Sie schon Erfahrungen mit Frauen gesammelt haben?"

Es kommt mir vor wie eine Ewigkeit, aber es handelt sich realistisch gesehen nur um wenige Sekunden, in denen ich nichts als das sachte Rauschen der Telefonleitung höre. Dann antwortet sie:

„Ja. Aber näher möchte ich darauf nicht eingehen. Wir können bald mal darüber sprechen. Ich werde nun auflegen, es ist spät."

15

Vor zwei Jahren habe ich von meiner Psychologin bestätigt bekommen, dass ich gleich unter zwei Persönlichkeitsstörungen leide oder zumindest Anteile beider besitze. Störung hört sich so schlimm an, aber das ist es gar nicht. Ich bin sowieso der Meinung, dass jeder irgendeine Art Störung hat. Manche eben mehr und manche weniger. Dann wiederum gibt es andere, die total krank sind, es aber auf geniale Weise verstecken können. Vor allem bin ich geprägt von der hysterischen oder auch histrionischen Persönlichkeitsstörung. Sie kennzeichnet sich durch die Dramatisierung der eigenen Person. Oft werden keine echten Emotionen transportiert, sondern der Hysteriker oder auch ich benehme mich eher, wie ein Schauspieler auf der Bühne. Generell sind Gefühlsäußerungen oftmals situationsunangemessen und melodramatisch. Der Hysteriker möchte immer im Mittelpunkt stehen, da er dringend Aufmerksamkeit braucht. Früher war dieses Verhalten bei mir um einiges stärker ausgeprägt, so habe ich zum Beispiel in der Schule während des Unterrichts unangebrachte Witze reißen oder eine ganz besonders außergewöhnliche und gefühlsbetonte Antwort auf eine relativ rationale Frage geben müssen. Außerdem war mein Drang mich zu Verändern noch ausgeprägter. Alle zwei Wochen kam ich mit einer neuen Frisur und Haarfarbe oder einem neuen Piercing in die Schule. Auch damit bekam ich die Aufmerksamkeit, die ich brauchte, denn immerhin war dies etwas Äußerliches, das man mir ansah und zu dem man mir Komplimente gab. Und wer bekommt nicht gerne Komplimente?

Die stark mangelhafte Kritikfähigkeit, die meiner Persönlichkeit zuzuschreiben ist, macht mir noch heute zu schaffen. Im Beruf ist es wirklich wichtig, Kritik gut annehmen zu können und sie nicht zu persönlich zu nehmen. Dies fällt mir sehr schwer, da ich alles direkt auf mich persönlich beziehe. Auch meine Freunde haben es schwer mit mir, weil ich sofort beleidigt bin, wenn sie mir gegenüber nur ein klein wenig Kritik äußern oder wenn mir jemand sagt: „Oh, Rachel, du siehst heute etwas müde aus." Wenigstens bin ich nicht lange verletzt. Kurze Zeit später kann ich schon Witze darüber reißen.

Es wird mir nachgesagt, dass ich mich gerne verführerisch kleide und damit sexuelle Anspielungen mache. Tatsächlich setze ich das ganz bewusst ein. Selbst in Situationen, in denen ich dies eher unterlassen sollte, zum Beispiel bei einem Bewerbungsgespräch oder gegenüber Lehrern und Professoren, versuche ich, möglichst verführerisch auf andere zu wirken.

Ich lerne schnell andere Menschen kennen und bin anfangs sehr offen, allerdings gelingt mir das Freundschaften schließen nur sehr langsam und eher schlecht, da ich alles auf oberflächlicher Ebene aufbaue. Zum Glück kenne ich Sophie und Marie schon ewig und habe daher bei ihnen überhaupt keine Probleme, viel und intensiv Kontakt zu halten. Zusätzlich zur Hysterie wurde mir damals auch Narzissmus diagnostiziert. Im Grunde sind beide Persönlichkeitstypen des gleichen Ursprungs und auch relativ ähnlich. Im Zentrum des Narzissten steht aber vor allem das Verlangen nach übermäßiger Bewunderung und

Anerkennung. Narzissten wirken so, als seien sie extrem selbstverliebt und egozentrisch, das ist aber in Wahrheit eher ein Schutzmechanismus. Sie können ebenso kaum Kritik vertragen und reagieren gekränkt. So viel dazu.

16

Boris ist bei mir. Ich habe ihm gesagt, dass ich mit ihm reden möchte und auf keinen Fall beabsichtige, mit ihm zu schlafen. Wir liegen ewig auf meiner braunen Ledercouch und schauen uns nur an. Ab und zu streichelt er meine Wange und küsst mich auf den Mund. Ich mag seine blaugrauen Augen und wie wir uns lange über ein und dasselbe Thema unterhalten können. Er hat mich in dieser kurzen Zeit sehr gut kennen gelernt und versteht, dass er mir nicht zu viel Nähe geben darf, aber dennoch zeigen soll, dass ich ihm wichtig bin.

„Boris, was wäre, wenn ich keine Angst hätte, mit dir zusammen zu sein und es unbedingt wollte?"
„Dann wären wir glücklich."
„Und deine Frau?"
„Auf lange Sicht müsste und wollte ich sie dann wohl verlassen."
„Das würdest du tun?"
„Ja, es läuft einfach nicht mehr gut mir uns. Egal wie sehr ich mich bemühe, sie versucht nicht, etwas zu ändern, und daher wäre ich mit dir viel glücklicher. Manchmal glaube ich, sie hofft darauf, dass ich sie verlasse."

Das intensive Gespräch nimmt seinen Lauf und ehe ich mich versehe, sitze ich auf seinem Schoß und errege ihn dadurch. Mich irgendwie auch. Der Abend endet damit, dass wir Sex haben und ich wieder einmal nicht das geschafft habe, was ich mir vorgenommen habe. Es war aber in Ordnung. Teilweise habe ich es sogar genossen.

Bei Frau Dr. Schatz geht es an diesem Abend um Frau Walter, Boris, Chris und mich. Liebend gerne bringe ich sie immer auf den neusten Stand. Wobei, manchmal wäre es ratsamer, über meine Kindheit und Vergangenes zu sprechen, da das, was heute passiert, nur die Folgen dessen sind. Histrioniker tun sich damit aber schwer, denn sie wollen immer eine neue Geschichte parat haben, die aufregend ist, damit die andere Person Interesse zeigt und begeistert ist. Frau Schatz kennt dieses Verhalten von mir und lenkt stückweise das Gespräch wieder in Richtung Grund und Entwicklung.

Wie das Leben von Frau Schatz wohl aussieht? Wie ihre Familie ist, was sie gerne macht, was sie liebt? Solche Fragen gehen mir oft durch den Kopf. Ich traue mich nicht, sie darauf anzusprechen, weil es, soviel ich weiß, verboten ist, zu viel über die Psychologin zu wissen. Es stört die wichtige Distanz zwischen Therapeut und Patient. Die Distanz ist auch für mich wichtig. Trotzdem wünsche ich mir oft, dass sie nicht so groß ist und ich auch persönlicheren Kontakt zu Frau Schatz halten dürfte.

Andererseits: Ich wäre sicher unendlich eifersüchtig, wenn ich wüsste, dass sie einen Mann und Kinder hat und auch noch glücklich mit ihnen ist. So wie es ist, ist es wohl richtig.

Wenn ich in ein bis zwei Jahren mit der Therapie fertig bin, ist vielleicht auch mehr möglich. Das wäre schön.

17

Das Treffen mit Frau Walter ist in wenigen Stunden. Mittags habe ich mich hingelegt, damit ich ausgeruht und nicht zu aufgedreht zu unserem Date erscheine. Ich föhne meine Haare, schminke mich und kleide mich in weinrotem Top und schwarzer Hose. Die Unterwäsche ist passend zum Oberteil und der Lippenstiftfarbe. Ich werde mehr und mehr zur Femme-fatale.

Ich benutze Zahnseide, putze meine Zähne, verwende erneut Zahnseide und gurgle noch so lange mit Mundspülung bis sie mir fast die Zunge wegätzt. Man weiß ja nie, womit der Abend endet – vielleicht mit einem schönen Kuss an einem romantischen Ort? Nun kann nichts mehr schiefgehen.

Gestern Nacht ist mir im Bett eingefallen, dass Frau Walter eine andere Idee haben könnte, die sie mit mir verwirklichen möchte. Da sie einen Freund hat, vermute ich, dass sie mich fragen möchte, ob ich mit ihr und ihrem Freund eine Menage à trois, einen flotten Dreier, haben möchte? Oder sie möchte einfach nur mich. Oder sie hat überhaupt keine Hintergedanken und will mich bloß kennen lernen. Ich weiß es nicht. Marie und Sophie bekommen noch geschwind eine SMS mit der Handynummer von Frau Walter, damit sie einen Kontakt haben, der mich retten könnte, falls Rebecca etwas Krankhaftes und Böses mit mir vorhat. Das ist ja so alltäglich und einleuchtend. Beim Schreiben der Message muss ich fast lachen, es kommt mir lächerlich vor.

Rebecca holt mich mit ihrem Auto am Bahnhof ab. Sie sieht umwerfend aus und riecht verführerisch, je eine Note von Vanille und Jasmin. Ihre Brille hat sie zu Hause gelassen. Das finde ich fast ein wenig schade, da ich generell sehr auf den Look mit Brille und Krawatte stehe. Aber da ihr hübsches Gesicht nun noch besser zur Geltung kommt, kann ich gut damit leben. Ihre Augen, in einem so intensiven Grün, dass ich meinen könnte, sie seien nicht echt, begrüßen mich sehr freundlich. Wir fahren in eine nahe gelegene Bar, und sie trinkt eine Weißweinschorle. Ich entscheide mich für mein absolutes Lieblingsgetränk, eine Piña Colada.

„Rachel, Sie wissen doch, dass ich einen Freund habe…"

„Ja, das weiß ich."

„Ich bin sehr glücklich mit ihm, und ich liebe ihn."

„Das ist doch schön." Was möchte sie mir wohl damit sagen? Ich verstehe es nicht. Ob sie nun wirklich auf den Dreier hinauswill? Oh mein Gott.

„Sie freuen sich also für mich?"

„Na klar."

„Ich spreche das jetzt einfach direkt an. Mir kam es so vor, als hätten Sie sich in mich verliebt."

„Oh, tatsächlich?" Da hat sie mich ertappt. Mist.

„Ja. Liege ich da denn falsch?"

„Nein, es stimmt schon. Sie gefallen mir sehr, Frau Walter."

„In Ordnung. Ich wollte Sie treffen, damit wir darüber sprechen können, denn ich bin in einer Beziehung und daher nicht an Ihnen interessiert, wobei Sie mir natürlich sehr gefallen."

Wieder einmal habe ich mir Illusionen gemacht und wieder einmal lag ich total falsch. Es ist so traurig und lächerlich, dass es fast schon wieder lustig ist, also lache ich.

„Wollen Sie etwas ganz Peinliches wissen?" frage ich sie und werde dabei sicher etwas rot.

„Na klar, raus damit!"

„Ich habe ja gedacht, Sie wollen mich eventuell treffen, weil Sie vorschlagen möchten ...nun ja, dass Sie, Ihr Freund und ich einen... einen Dreier haben."

Sie schaut mich mit einem „Das-ist-jetzt-nicht-dein-Ernst"-Blick an und stimmt ein Gelächter an, dem ich mich anschließe. Kurz darauf nimmt Frau Walter das Gespräch wieder auf:

„Ach, Rachel, Sie sind mir ja Eine."

„Ja. Da lag ich offenkundig ziemlich falsch. Das passiert mir öfter."

Nachdem wir unsere Karten auf den Tisch gelegt haben und unsere Absichten geklärt sind, ist die Situation angenehm entspannt, natürlich ist auch der Alkohol nicht unschuldig daran.

Nach einer guten Stunde fährt sie mich wieder zum Bahnhof. Sie möchte nicht, dass ich alleine auf den Zug warte, also wartet sie mit mir. Die 20 Minuten vergehen wie im Fluge und ich genieße es sehr, als sie mich zur Verabschiedung intensiv umarmt und ich ihre Brust sanft an meiner spüre.

„Ich würde Sie gerne noch einmal sehen", sagt sie.

„Sehr gerne. Es hat mir gut gefallen."

Ich setze mich in das leere Extraabteil und höre Musik auf meinem Handy. Das Gefühl, das in mir herrscht, ist nicht einfach zu beschreiben. Einerseits ist da Melancholie, weil ich erfahren habe, dass Frau Walter kein erotisches Interesse an mir hat, auf der anderen Seite war es ein schöner Abend und ich spürte eine gewisse Geborgenheit, als ich mit ihr zusammen war. Hätte ich überhaupt den Mut dazu gehabt, mich auf etwas einzulassen, wenn sie es gewollt hätte?

Zu Hause zünde ich meine Vanille-Kerze an, die zu Massageöl verschmilzt und mache mir einen Schokopudding. Mit dem Massageöl habe ich bisher weder jemanden massiert, noch hat mich je einer damit verwöhnt. Die Kerze riecht einfach angenehm und so eine kleine Feuerquelle macht nachdenklich und zugleich hoffnungsvoll. Als Teenager zündete ich Kerzen an, um damit einen Liebeszauber auszusprechen und meine angebeteten Objekte der Begierde an mich zu binden. Es hat leider nie so richtig funktioniert.

18

Marie, Sophie und ich waren die letzten zwei Stunden auf der Suche nach neuen Motiven und Ideen für Sophies Fotoprojekt mit dem Thema „Traumwelt". Endlich haben wir einen geeigneten Ort gefunden, wo wir uns gemütlich hinsetzen und einen Kaffee zu uns nehmen. Marie verhält sich schon den ganzen Tag etwas merkwürdig. Immer wieder grinst sie unübersehbar und verkneift es sich, sobald wir sie ansehen.

Sophie: „Marie, was hast du denn nur?"
„Genau, was ist passiert? Du bist echt komisch heute", stelle ich fest.
Marie: „Ich warte schon die ganze Zeit darauf, dass ihr mich endlich darauf ansprecht." Marie sagt nie etwas von alleine, man muss es ihr immer aus der Nase ziehen und bei sexuellen Themen ist sie sogar noch schüchterner. Da muss man alle Details erfragen und Sophie und ich möchten immer die Details wissen.
Ich: „Na dann, los!"
Marie: „Daniel hat mir heute Morgen einen Heiratsantrag gemacht. Wir sind verlobt!" Noch nie habe ich Marie so Strahlen sehen. Sie scheint darüber unendlich glücklich zu sein.
Sophie und ich sprechen nahezu wie im Chor: „Oh mein Gott, und damit rückst du erst jetzt raus?"

Sophie: „Das ist echt toll, Marie. Ich freue mich so für dich."

Ich: „Aber echt. Erzähl, wie hat er sich angestellt?"

Marie: „Er hat mich heute um 10 Uhr mit einem wunderschönen Frühstück geweckt. Es gab Croissants, Orangensaft, Kaffee und ganz viele tolle Dinge und ich hatte schon Angst, dass ich unseren Jahrestag vergessen hätte oder so. Aber dann setzte er sich zu mir und erinnerte mich an die vielen wunderbaren Erinnerungen, die wir miteinander über die Jahre gesammelt haben. Dann ging der CD-Spieler an und die Klänge von „Love is in the air" erfüllten den ganzen Raum. Ganz klassisch ging er auf die Knie und fragte: „Meine Schönheit, willst du mich heiraten?" Ja, so war das."

Sophie und ich schmelzen bei dieser Vorstellung dahin und kurz darauf stoßen wir mit einem Glas Sekt auf diese wunderbare Neuigkeit an. Marie und Daniel. Sie werden ein schönes Ehepaar, da bin ich mir sicher. Kennen gelernt haben sich die beiden vor vier Jahren als die Schwester von Daniel mit Marie, damals 18, im Supermarkt an der Kasse arbeitete. Seine Schwester versuchte sehr schnell, Marie und Daniel zu verkuppeln und nach dem ersten Date war es klar, dass einer gemeinsamen Zukunft nichts im Wege stehen könnte. Sie sind und waren von Anfang an auf einer Wellenlänge und teilen viele Charaktereigenschaften.

Eine große geheime, oder auch nicht ganz so geheime Vorliebe von mir ist es, andere bei deren Intimitäten und Liebesaustausch zu beobachten. Man sollte mich nicht falsch verstehen, ich bin noch nie einem Pärchen als Voyeur gefolgt, und das nicht vorhandene Fernglas in meiner Wohnung hielt mich davon ebenso gut ab. Ich spüre aber eine große Euphorie, wenn ich ein verliebtes Paar auf einer Parkbank sehe, oder ein Junge und ein Mädchen sich am Bahnhof liebevoll verabschieden oder auch Sophie und Marc, wie sie vor mir knutschen. Höchstwahrscheinlich finden die Meisten so etwas schön, ausgenommen von denjenigen, die in der Liebe nur Pech haben und alle Verliebten in die Hölle schicken könnten. Obwohl ich bisher kein totales „Liebesglück" erfahren habe, sauge ich die Momente der Beobachtung eines glücklichen Paares so tief auf, dass ich eine Weile damit verweilen kann, ohne selbst den Kuss gegeben oder gespürt zu haben. Es hat auch einen Vorteil, denn bei der ausschließlichen Beobachtung, ohne selbst aktiv zu sein, muss man nicht darauf achten, ob die Zähne geputzt sind, das Kaugummi im Mund ist, der Labello an den Lippen schmeckt oder die Beine perfekt rasiert sind.Das hat doch auch etwas. Da kommt mir tatsächlich „Die Klavierspielerin" in den Sinn. Das ist der Film, in dem Isabelle Huppert heimlich ein Pärchen beim Sex im Auto beobachtet und vor Erregung neben das besagte Auto uriniert. Merkwürdig.

Die letzten Tage habe ich des Öfteren mit einem Freund aus der Realschulzeit geschrieben, er heißt Jonas. Wir haben ein Date ausgemacht. Ich weiß nicht, ob das so eine gute Idee war. Bin ich Boris gegenüber verpflichtet, keine Anderen zu treffen? Gehe ich schon fremd?
Boris meldet sich ziemlich oft bei mir. Mal schreibt er mich im Chat an, dann kommt eine SMS oder auch ein Anruf. Es

passiert, dass ich davon genervt bin, und das macht mir Angst. Ich mag ihn sehr, aber gleichzeitig bin ich gestresst und mit der Situation als Liebhaberin überfordert. Wie soll das weitergehen, frage ich mich immer wieder. Partnerschaften verlaufen für mich und andere Hysteriker oft unglücklich, da wir nach dem Motto „Komm her – geh weg" handeln. Ich wünsche mir, dass jemand um mich wirbt und sich bemüht – so wie Boris es tut – auch wenn ich ihn oder sie nicht immer so nett behandle, und den Partner eher wegstoße. Gleichzeitig habe ich auch den Wunsch nach Distanz. Wie man erkennen kann, ist das ein Widerspruch in sich. Das macht eine Beziehung nahezu unmöglich. Sexuelle Kontakte sind also die ideale Lösung für Histrioniker, vor allem schützen sie auch davor, verletzt und verlassen zu werden.

Boris möchte mich sehen. Wir treffen uns das erste Mal in der Innenstadt. Damit wir nicht gesehen werden, gehen wir direkt in ein Café, das nur von Senioren über 60 besucht wird. Sehr romantisch, besonders die dunklen, grau melierten Wände und der Geruch von Altem und von dunklem Kaffee. Ich bin heute besonders aufgeregt, vielleicht, weil ich ihm davon erzählen werde, wie unsicher ich ihm gegenüber wieder bin und dass ich ein Date mit Jonas geplant habe. Boris drückt mir bei der rituellen „Kuss-auf-den-Mund"-Begrüßung einen Blumenstrauß in die Hand. Die Blumen, ich kann nur die Rosen und Sonnenblumen benennen, riechen umwerfend gut, und ich bin kurz davor, mein Vorhaben zu vergessen, und einfach für ein paar Stunden glücklich zu sein. Doch er hat mich längst durchschaut.

„Rachel, was ist los? Ich merke doch, dass etwas nicht stimmt."

Ich zögere kurz: „Ja, du hast Recht. Ich wollte …" Was möchte ich eigentlich sagen? Und wie soll ich das formulieren?

Ich starte einen neuen Versuch: „Ich habe ein Date, und ich weiß nicht, ob das schlimm für dich ist und ich weiß auch gar nicht, was das mit uns ist, und wie ich dazu stehe und was ich will und …" Er küsst mich auf den Mund, sodass ich gezwungen bin, stumm zu sein. Dann lehnt er sich in seinen Stuhl zurück und betrachtet mich wenige Sekunden.

„Du bist dir also immer noch so unsicher", stellt er fest.

„Ja und manchmal möchte ich dich überhaupt nicht sehen."

Er hält inne, nimmt einen Schluck Wasser und spricht dann: „Das verstehe ich zwar nicht, aber ich akzeptiere es. Was soll ich denn auch tun, Rachel?"

„Da kann man nichts machen. Vielleicht verschwindet es von alleine, aber ehrlich gesagt, bezweifle ich das im Moment. Hast du eine Lösung?"

„Eine Freundschaft, in der jeder machen kann, was er will und mit wem er will?"

Ich bin etwas irritiert und verstehe nicht genau, was er sich darunter vorstellt, also frage ich nach: „Na gut, aber wie genau definierst du so eine Freundschaft?"

„Klönen, eine gute Zeit zusammen verbringen, und eventuell auch Sex?"

Wie bitte? Eine Freundschaft mit Sex? Vor kurzem sagt er noch, dass er mich liebt, und plötzlich reicht ihm auch eine Sexbeziehung aus? Nein danke. Und was ist überhaupt „klönen"?

„Und das fändest du gut?", frage ich. Er nickt.

„Also ich nicht!", gebe ich klar an.

„Was fändest du gut?"

„Ich fände es gut, wenn wir versuchen, eine Freundschaft aufzubauen, die alle Gefühle beinhalten kann, aber ohne Sex und mit nur wenig körperlichem Kontakt. Küssen gerne. Außerdem kann man doch nicht so einfach sagen: So, ab jetzt sind wir Freunde mit Sex, und ich empfinde nichts mehr für dich."

„Hör mal, ich sitze zu Hause und warte sehnsüchtig auf eine Nachricht von dir, und da kommt einfach nie etwas. Ich schütze mich nur damit, wenn ich mich nicht zu sehr auf dich einlasse und meine Gefühle zurückhalte. Und einfach ist das natürlich nicht, aber ich würde es gerne versuchen."

„Ich weiß auch nicht." Am liebsten wäre ich gerade auf einer kilometerweit entfernten Insel, auf der es keine Männer und am besten auch keine Frauen gibt, sondern nur … von mir aus süße Haustiere zum Kuscheln.

„Und übrigens verletzt es mich sehr, wenn du andere datest."

„Und was machst du dann bitteschön?"

„Das verstehe ich jetzt nicht."

„Mit deiner Frau, mit Anna?"

„Das kann man nicht vergleichen."

„Du hast sogar noch Sex mit ihr. Und ich darf nicht einmal ein Date haben?"

Er kann dazu nichts sagen. Was sollte er auch darauf antworten? Schweigend und mit dem Blick auf einen leblosen Gegenstand gerichtet, trinken wir unser Getränk leer.

„Ich war total verliebt in dich, und ich hätte am liebsten sofort meine Koffer gepackt, das ist die Wahrheit. Aber diese Nähe ist einfach zu viel für uns beide. Es wäre schön, wenn wir uns auf etwas einigen könnten. Etwas, das uns beide zufrieden stellt und uns die Möglichkeit bietet, uns nicht ganz zu verlieren. Ich lasse dir deine Dates und du mir meine, Den Rest werden wir sehen."

Ich wusste, es würde nicht lange dauern, bis wieder die Erkenntnis käme, dass ich wohl unbedacht gehandelt habe. Ich bin die ganze Zeit am Heulen. Wegen Boris. Dabei bin ich doch diejenige, die weniger Kontakt und weniger Gefühlsduselei mit ihm wollte. Jetzt, wo er sich nur alle zwei, drei Tage melden wird, wie er sagte, bin ich traurig und fühle mich verlassen. Same old Rachel. Ich muss aus der

Wohnung raus. Ich packe meine sieben Sachen (oder auch drei; Handy, Schlüssel und Geldbeutel) und gehe los. Die Gesichter Fremder laufen mir entgegen, gehen an mir vorbei, schauen ernst, lächeln, sind alleine, sind gemeinsam, verfolgen mich, fragen mich nach dem Weg. Lauter Fremde und inmitten dieser bin ich. Rachel. Und manchmal bin auch ich mir fremd, da begreife ich nicht, wieso ich handle wie ich es tue, und wer ich überhaupt bin, und was ich von dieser Welt erwarte. Unpassend zu meiner Stimmung strahlt die Sonne mir direkt ins Gesicht, so als wollte sie mir verdeutlichen, dass ich nicht traurig sein, sondern so wie sie, glücklich strahlen und der Welt etwas von meiner Wärme schenken sollte. Vielleicht aber nicht der ganzen Welt, sondern nur einer bestimmten Person. Der mir vorbestimmten Person.

HERBST

1

Mein Herz. Ich spüre es deutlich unter meiner Brust schlagen. Noch nie zuvor habe ich so ein heftiges Pochen vernommen. Sie sitzt drei Reihen vor mir, *entgegen der Fahrtrichtung*, und liest ein Buch. Ihre Lippen gleichen der Form eines gemalten Herzens und die Farbe lässt sich als die Farbe der süßen Himbeeren beschreiben. Ihr dunkelblondes, kinnlanges, glattes Haar umschmiegt ihre deutlich ausgeprägten Wangenknochen, und lässt so ihr perlfarbenes Gesicht weicher erscheinen. Ihre mandelförmigen Augen sind hell und leuchtend, die genaue Farbe kann ich leider nicht erkennen. Sie schaut auch nur selten kurz auf, da sie in ihr Buch vertieft ist. Mich hat sie noch nicht bemerkt. Vielleicht ist das auch gut so, denn ich bin so nervös, dass man mir das zweifellos ansehen muss. Die schöne, grazile Frau trägt einen schwarzen Hosenanzug mit einer hellblauen Bluse und beigen hohen Schuhen. Die Bluse umhüllt die leichte Wölbung ihrer Brüste und ich stelle mir vor, wie schön ihr Lächeln sein muss.
Ich kann meinen Blick nicht von ihr wenden und wünsche mir, dass sie niemals aus dem Bus steigt.

Als sie das Buch in die Tasche packt und ihren Blazer über den Arm nimmt, bin ich wie versteinert und nicht fähig, klar zu denken. Sie steigt aus. Wieso kann sie nicht länger einfach nur dasitzen und weiterlesen? Muss denn dieser schöne Moment so schnell vorbei sein? Noch sehe ich das Bild von ihr vor meinen Augen. Das bleibt den ganzen Nachmittag so. Erst spät abends finde ich meine Realität wieder, als mir bewusst wird, dass ich mich nicht einmal daran erinnern kann, wo sie ausgestiegen ist und ich sie womöglich nie wieder sehen werde. Wer weiß, vielleicht ist sie nur geschäftlich hier unterwegs und geht in zwei Tagen zurück zu ihrem Wohnort. Es scheint wie immer hoffnungslos, aber so leicht aufgeben möchte ich nicht. Dieses Gefühl, so heftig und zugleich liebevoll, möchte ich wieder spüren. Schluss mit Fahrrad fahren, ab jetzt gibt es nur noch die Busfahrt zur Uni und wieder zurück nach Hause. Am besten fahre ich nur noch Bus, den ganzen Tag lang, da muss ich sie doch einfach wiedersehen können. Oder ich gebe eine Anzeige auf? Ach, Rachel, sei doch nicht lächerlich, spreche ich mir zu. Was sollte denn darin stehen? *Überschrift: Wie finde ich meine Traumfrau wieder? Heute sah ich sie im Bus. Sie saß drei Reihen vor mir, und auch wenn wir nicht ein einziges Wort miteinander geredet haben, und auch keinerlei Blickkontakt hatten, weiß ich, dass sie meine mir vorbestimmte Frau ist. Ach und übrigens, ich bin zehn Jahre jünger und ebenso eine Frau.*" Lächerlich, einfach nur lächerlich, würden sie denken.

Ich rufe Sophie an, um ihr von meinem Erlebnis, oder sagen wir lieber, „Schicksalsschlag" zu erzählen.

„Rachel, ich will dir ja nicht die Hoffnung nehmen, aber du hast dich schon oft verliebt, und deine „Beute" ist nicht gerade immer auch an dir interessiert. Wieso sollte das bei ihr anders sein? Außerdem weißt du ja wirklich nicht, ob du sie je wieder sehen wirst."

Das dachte ich mir fast. Sophie meint es wieder nur gut mit mir, dabei versteht sie einfach nicht, wie sehr mich der Moment des Anblicks dieser Unbekannten fesselte.

„Ist schon ok. Ich kann erst einmal sowieso nichts daran ändern. Entweder ich sehe sie noch mal oder ich habe schon verloren. Wenn das Schicksal es aber so will, und daran glaube ich, wird es uns zusammenführen."

„Wie alt ist sie denn?"

„Das weiß ich doch nicht."

„Na, was schätzt du?"

„Nicht so sehr alt. Vielleicht 32?"

„Immerhin ist sie keine 50 und nicht deine Lehrerin."

„Ha, ha, ha, sehr lustig", sage ich ironisch.

„Tut mir leid. Ich möchte einfach nicht, dass du dir zu viele Hoffnungen machst und hinterher noch enttäuschter bist."

Als ich am nächsten Morgen in der Uni das erste Mal seit Semesterbeginn auf Frau Walter treffe, ist es anders. Das, was ich empfinde, ist nicht länger eine Verliebtheit, sondern nur noch starke Sympathie. Zum einen wird es sicher daran liegen, dass ich nach unserem Date schlauer bin und weiß, dass sie nicht dieselben Gefühle wie ich sie hatte, zum anderen muss Frau Unbekannt daran schuld sein. Während der Vorlesung kann ich mich, wie so oft, nicht richtig konzentrieren. Ständig frage ich mich, ob das, was ich einen Tag zuvor erlebt habe, wohl Liebe auf den ersten Blick war, und ob ich sie überhaupt wiedersehe, wer sie ist und was sie macht und, und, und …alles was man sich eben überhaupt fragen kann. Die Stunde ist beendet, und Sara, meine Nebensitzerin, schlägt mir vor, heute mit ihr auf die Geburtstagsparty ihrer besten Freundin mitzukommen.

„Ja klar, ich komme gerne mit. Wann muss ich wo sein?"

„Ich hol dich um 19 Uhr mit dem Auto ab. Das Geschenk habe ich schon. Du musst dir darüber keine Gedanken machen."

„Gut, bis dann." Wir umarmen uns und ich eile zum Bus, in dem ich gestern die Frau um dieselbe Uhrzeit, 15 Uhr, erblickt habe. Ich steige vorne beim Busfahrer ein und laufe bis zum letzten Sitz, jede Sitzreihe detailgetreu durchsuchend, von links nach rechts. Sie ist nicht da. Mein Lächeln, das den ganzen Morgen mein Gesicht schmückte, in der Hoffnung, sie noch heute wieder sehen zu können, verwandelt sich in eine Maske, die nichts mehr von meinem Inneren wiederspiegelt. Bloß nichts anmerken lassen. Vielleicht setze ich mich zumindest dorthin, wo sie gestern saß Das ist tröstlich. Ich sitze da, wo sie gestern saß, oh, und Millionen andere Leute schon gesessen sind. Aber es war sie, die vor 24 Stunden hier saß. Wenn das überhaupt derselbe Bus ist?

Endlich komme ich zu Hause an. Im Briefkasten finde ich außer den Werbebriefen noch ein kleines Paket adressiert an mich, Absender Boris. Vorsichtig schneide ich den Karton auf. Das ist süß. Er hat mir eine Tafel Schokolade und einen kleinen Zettel mit den Worten, *Liebe Rachel, das hier ist für dich. Für dich, einfach weil ich an dich denke und hoffe, dass wir uns bald wiedersehen, auch wenn nur als Freunde,* geschickt. Ich wähle seine Nummer:

„Ja, hallo?", meldet er sich am Handy.

„Hey, ich bin's."

„Rachel?"

Ich spreche gespielt tiefer: „Nein, ich bin's, Studiendirektor Schober und ich habe gehört, dass Sie eine Affäre mit einer unserer Studentinnen führen. Sie kommen nun ins Gefängnis! Klar bin ich es. Ich, deine Perle." Ich muss lachen.

„Sehr lustig. Darüber macht man keine Witze. Aber schön, dass du mich anrufst."

„Ich wollte mich bei dir für die Schokolade bedanken. Das war wirklich nett."

„Gerne. Sehen wir uns mal wieder?"

„Mal sehen. Im Moment habe ich viel zu tun."
Nicht wirklich, aber ich weiß nicht, ob ich ihn sehen möchte. Ich habe Angst, dass er keine Freundschaft, nach meiner Definition, führen kann.

„Du kannst nie eine deutliche Antwort geben, oder? Es ist immer dasselbe. Nicht ja, aber auch nicht nein."

„Das hast du richtig erfasst. Aber du weißt doch, wir Bindungsphobiker leben im ewigen Jein."

„Süße, geht's dir denn gut?"

„Ja, mir geht es gut. Ich gehe heute Abend auf einen Geburtstag. Wie geht es dir?"

„Mir geht's auch gut, außer, dass ich dich vermisse." Vermisse ich ihn ebenso? Ich glaube nicht, nein. Ich vermisse die Unbekannte. Es klopft zwei Mal ganz zaghaft und ich höre Sara meinen Namen rufen.

„Du, ich muss gehen. Tut mir leid, ich bin auf einen Geburtstag eingeladen, und eine Freundin holt mich jetzt ab."

„Okay. Bis dann."

„Tschüss, Boris."

Ich öffne die Tür. Sara betritt meine Wohnung und ich biete ihr meinen frisch gekühlten Zitroneneistee an, während ich noch schnell mein Make-up nachfahre.
„Gut, wir können gehen."

Die Fahrt zu ihrer Freundin dauert ungefähr 20 Minuten. Im Auto nennt Sara mir die Namen der „süßen Typen" und erzählt, wer was macht und mit wem sie schon was hatte. Sara ist eine gute Freundin, sie ist immer lustig drauf und nicht so verklemmt wie viele andere. Ich bin in der Laune, Kontakte zu knüpfen und freue mich, als wir ankommen. Der Ort, an dem wir die nächsten Stunden verbringen werden, ist ein mittelgroßer Raum mit dunkelbraunem Holz an der Wand. Überall hängen Fotos von bereits dort gefeierten Partys und Festen, und ich fühle mich wohl. Der Duft von heißer Pizza und frischen Salat hängt in der Luft, dabei erinnert mich mein knurrender Magen, dass ich schon seit einigen Stunden keine feste Mahlzeit mehr zu mir genommen habe. Der Alkoholpegel scheint schon bis zu einem gewissen Grad angestiegen zu sein, denn in jeder Ecke wird laut gelacht, laut erzählt und wild gestikuliert. Genau der richtige Zeitpunkt, um mich vorzustellen und gleich gemocht zu werden. Tatsächlich komme ich sehr schnell mit der „Rauchergruppe", die sich draußen an der frischen, leicht kühlen Spätsommerluft versammelt hat, ins Gespräch. Ähnlich wie bei meiner Mutter, wenn sie inmitten einer größeren Gruppe ist, unterhalte ich fast pausenlos die ganze Gesellschaft. Ich habe die volle Aufmerksamkeit und es macht mir Spaß. Hinzu kommt: Es ist wesentlich aufregender, als sich nur mit einer Person zu unterhalten und sich auf nur eine oder einen zu konzentrieren. Sicher geht es den meisten damit genau andersherum, so bestätigt das mir zumindest der Großteil meiner Bekannten. Es ist 1 Uhr und die Trinkspiele nehmen ihren Lauf. Ich habe zwei Sekt und ein Wodka-Bull intus und das sollte für den weiteren Verlauf auch ausreichen. Auch wenn ich glaube, Alkohol ganz gut zu vertragen, ist es unnötig, so viel zu trinken, dass es mir schlecht geht. Ich weiß nicht, wieso ich es tue, aber auf einmal ziele ich direkt auf den DJ und spreche ihn an: „Hey, hast du vielleicht „You can leave your hat on" von Joe Cocker da? Ich würde gerne einen kleinen Striptease vorführen." Er schaut mich kurz an, lächelt und sagt mir, dass er schnell den Song heraussuchen würde und gespannt sei. Am großen Tisch verkünde ich: „Macht euch auf etwas gefasst, gleich kommt eine Special-Show von mir für euch und besonders für das Geburtstagskind." Die Leute klatschen und jubeln und wenige Sekunden später beginnt mein Song. Erotisch-lasziv bewege ich meine Hüften im Takt, schüttle mein braunes, gewelltes, schulterlanges Haar, wende mich um den Holzbalken wie um eine Tanzstange und schnapp mir einen standfesten Stuhl, um mich darauf zu bewegen. Langsam erhebe ich mich und ziehe mein enges, leicht feuchtes Top von unten etwas hoch. Bis knapp unter meinen BH ist jetzt mein ganzer Bauch zu sehen. Weiter gehe ich nicht. Man soll nicht denken, ich sei billig oder gar eine Schlampe. Außerdem sind hier viele Mädels, die mich sicher nach dieser Nummer zutiefst verabscheuen. Ich würde wahrscheinlich genauso reagieren. Ich muss damit aufhören, sonst denken die Jungs wirklich noch, sie könnten mich heute Nacht abschleppen. But forget it, so stinkende und betrunkene Teenager kommen mir sicher nicht ins Bett. Das Lied ist zu Ende und ich stelle meinen Launemodus wieder auf „normal" - das geht eigentlich ganz gut nach so einer großen Aufregung: Mit einem Schlag bin ich schüchtern und etwas peinlich ist es mir auch. Manchmal habe ich das Gefühl, ich habe zwei gegensätzliche Personen in mir. Aber das Gute ist ja dennoch, dass ich für etwa vier Minuten die volle Aufmerksamkeit hatte. Ich hoffe nur, keiner stellt ein Video davon ins Internet. „Boah krass, Rachel. Du gehst ja voll ab", ruft mir Sara zu. Ein relativ gutaussehender, blonder Muskelprotz umarmt mich von hinten und raunt: „Das war einfach nur geil." Bäh, der ist ja obszön und hat sicher schon einen Ständer. Ich flüchte so schnell wie möglich nach draußen.

2

„Können Sie sich vorstellen, weshalb Sie Angst vor einer Beziehung haben?" fragt mich Frau Dr. Schatz mit sorgenvollem Blick.

„Ich kann mir vieles zusammenreimen und dann glauben, dass es daran liegt, aber ich weiß es trotzdem nicht genau."

„Na gut, welche Geschichten reimen sich denn da zusammen?"

„Sie wissen ja, als ich ein Kind war und langsam in die Pubertät kam, war meine Mutter nur sehr selten da, als ich sie gebraucht habe. Mittlerweile nehme ich ihr das nicht mehr übel, sie konnte kaum anders, aber es war sehr schwierig als Kind."
„Ja. Diese Beziehung hat wohl dazu beigetragen, dass Sie gelernt haben, dass man sich selbst in einer engen

Verbindung nicht auf die Person verlassen kann und dass man oft einsam zurückgelassen wird."

„Hinzu kommt natürlich auch die für mich schwierige Beziehung zu meinem manisch-depressiven Vater, aber das wissen Sie ja alles schon."

„Es war nicht leicht für Sie, das sehe ich. Ich denke auch, dass dieser Marcel, der Fitnesstrainer, Ihre erste und letzte wirklich große Liebe, viel dazu beigetragen hat, dass Sie in Ihrer Angst vor dem Verlassenwerden bestätigt worden sind."

„So ist es. Vor ihm gab es aber auch schon Jungs, mit denen ich eine Beziehung hätte eingehen können, weil wir beide verliebt waren. Ich wollte es aber nicht. Das war schon mit 12 oder 13 Jahren ein Thema", erkläre ich ihr.

„Rachel, ich habe eine Aufgabe für Sie." Oh, das hört sich spannend an. „Ich möchte testen, wie lange Sie es aushalten, mal keine Affäre einzugehen. In den letzten Monaten waren es ja auch wieder zwei oder drei verschiedene Sexualpartner, die Sie hatten."

„Erinnern Sie mich bitte nicht daran. Es ist alles abgeschlossen", denke ich. Außerdem habe ich eine Frau kennengelernt. Na gut, kennengelernt ist vielleicht nicht ganz richtig formuliert, aber…"
Frau Schatz hört mir zu, während ich ihr von der Frau im Bus vorschwärme. Während ich spreche, fallen mir die

Textstellen aus dem Internet ein: „*Durch ihr Temperament machen sie so gut wie keine Pausen, was es anfangs für den Therapeuten schwierig macht, zu intervenieren. In starker Beziehungsgebundenheit zum Therapeuten erzeugen solche Klienten durch Mimik, Gestik, intensiven Blickkontakt und durch ihre Redegewandtheit dabei sehr schnell eine intensive, lebendige und emotionale Situation.*" Ich versuche, auch mal Pausen zu machen und sie sprechen zu lassen.

„Das hört sich tatsächlich so an, als hätten Sie sich so richtig verliebt. Herzlichen Glückwunsch."

Es ist nichts in meinem Kühlschrank und ich habe Hunger. Ich eile zu McDonalds um die Ecke und bestelle mir ein kleines Menü. Das schmeckt lecker, bloß will ich nicht wirklich wissen, wie und von wem das Essen zubereitet wird und überhaupt, wenn ich überlege, wie die armen Tiere geschlachtet werden. Lieber nicht daran denken, das verdirbt mir nur den Hunger. Gesättigt und zufrieden laufe ich Richtung Ausgang, nicke noch ein paar sitzenden Menschen zu und trete auf einen Ketchupfleck. Vor allen Anwesenden rutsche ich aus und falle hin.. Autsch! Total blamiert überprüfe ich panisch, wie viele der Gäste das Missgeschick gesehen haben. Ich bin beruhigt, als nur drei Köpfe besorgt in meine Richtung blicken. Natürlich trage ich ausgerechnet heute einen Rock, sodass meine Strumpfhose jetzt mit kleinen Löchern übersät ist und meine Knie wund sind. Aua. Mit gespielter „Das-war-mir-überhaupt-nicht-peinlich-und-ich-habe-auch-keine-Schmerzen"-Haltung laufe ich gradlinig aus dem Fast-food-Restaurant hinaus. Ich beschließe, einen

Umweg nach Hause zurück zu nehmen, damit ich noch ein wenig frische Luft schnappen kann und die Zeit verliere, die ich eigentlich zum Lernen bräuchte. Vom Weiten schon kann ich sie erkennen. WHAT? Tatsächlich, da sitzt sie, alleine im Café „Am Schloss" mit einem Buch in ihren Händen. Das muss sie sein! Was für ein Glück, ich darf sie noch mal sehen, das Schicksal meint es gut mit mir. Ohne zu überlegen, laufe ich direkt in ihre Richtung und setze mich einen Tisch weiter. Ich kann sie gut beobachten und Blickkontakt aufnehmen, sollte sie zu mir aufschauen. Sie ist genauso schön wie das letzte Mal und mit jeder leichten herbstlichen Brise kann ich ihren Geruch tief in mich aufnehmen. Oder zumindest denke ich, dass es ihr Geruch ist. Er ist unbeschreiblich, aber er erinnert mich an Rosen und Himbeeren. . Himbeerduft und Himbeerlippen, wie schön das zusammenpasst. Sie legt einen Finger an ihre Stirn, so als würde sie nachdenken und blickt dann in meine Richtung. Ich schaue schnell weg. Was nun? Wie soll ich schauen? Und wohin? Ich spüre ihre Augen auf mich gerichtet. Ich muss mich trauen. Ich richte mich auf und sehe ihr direkt in die Augen. Sie lächelt, ich lächle. Was für ein umwerfendes Lächeln.. So wie ich es mir vorgestellt habe und noch tausend Mal toller. Ich atme tief ein und dann wieder aus. Das war aufregend. Sie hat sich wieder ihrem Buch gewidmet und ich überlege mir, was ich als Nächstes tun könnte, um ihre Aufmerksamkeit zu gewinnen. Vielleicht frage ich sie, was sie bestellt hat, oder wie viel Uhr es ist? Oder ob sie öfter hier ist. Ich habe sie als Stammkunde hier noch nie gesehen? Alles doof. Ich kann doch nicht einfach direkt auf sie zugehen, vor allem, wenn sie überhaupt nicht auf Frauen steht. Oh nein, sie steht auf. Was ist, wenn sie schon wieder geht? Das darf nicht passieren. Sie läuft in meine Richtung und …

„Hallo, entschuldigen Sie, kann ich mich kurz dazusetzen?"

Meine Stimme versagt und ich bin sprachlos. Sie will sich zu mir setzen?

„Keine Sorge, ich bin nur neu hier und suche eine Sehenswürdigkeit." Sie setzt sich neben mich, und ich versuche, normal zu wirken. So eine schöne, leicht dunkle Stimme.

„Klar, tut mir leid. Ich war bloß etwas verwirrt. Was suchen Sie denn?" Endlich sehe ich sie von Nahem. Kleine Sommersprossen zieren ihre Nase und die Wangen und ihre Augenfarbe ist klar und deutlich zu erkennen. Sie hat hellgrüne Augen mit blauen Akzenten. Ich zeige ihr auf ihrer Karte, wie sie zur Wasserturmanlage findet und versuche noch etwas mehr über sie zu erfahren:
„Seit wann wohnen Sie denn hier?"

„Seit drei Monaten, aber anfangs bin ich auch immer wieder nach München gereist, wo ich herkomme und so ganz sesshaft bin ich hier erst seit zwei Wochen. Mittlerweile finde ich aber schon meine Wohnung und weiß, wo ich einkaufen gehen kann." Sie lächelt, während sie spricht und ihre weißen Zähne strahlen mich an. Am liebsten würde ich sie küssen, aber ich glaube, das kommt nicht so gut an.

„Wenn Sie möchten, kann ich Ihnen gerne meine Handynummer aufschreiben, dann können Sie mich anrufen, wenn Sie wieder etwas nicht finden oder jemanden brauchen, der Ihnen etwas zeigt." Mein plötzlicher Mut überrascht mich selbst.

Sie schaut etwas erstaunt, überlegt und die Worte „Ja, klar, gerne. Man weiß ja nie" erreichen mein Ohr. Sie holt ihr Handy aus ihrer braunen mittelgroßen Handtasche und ich diktiere ihr meine Nummer.

„Mein Name ist Rachel Joy. Damit Sie mich abspeichern können."

„Ja, das ist super. Ich hätte Sie sonst als „Frau aus Café" gespeichert. Ich bin Lea Schreiber." Sie streckt ihre zarte Hand aus, und ich nehme sie freudig entgegen. Loslassen, loslassen, lass los, Rachel. Hoffentlich war meine Hand nicht eklig nass und schwitzig vor Aufregung. An die eigene Hand fassend, prüfe ich das nach. Alles okay, normal temperiert. Wir verabschieden uns und sie verlässt kurz darauf das Café. Frau Unbekannt hat nun einen Namen, und dazu noch einen so schönen. Lea Schreiber. Lea Schreiber und Rachel Joy.

3

Vor drei Wochen habe ich Lea das letzte Mal gesehen. Das war im Café, als ich ihr meine Nummer gab. Sie hat sich nicht gemeldet. Meine Augen tun schon weh, zu viel Zeit habe ich damit verbracht, auf mein Handydisplay zu schauen. Meinen Ohren geht es nicht anders, sie waren die letzten Wochen darauf fixiert, auf meinen Klingelton und nichts anderes zu reagieren. Es wird Zeit, meine Sinne wieder für etwas anderes einzusetzen. Ich verabrede mich mit Marie und Sophie für die moderne Kunstausstellung. Das Wetter eignet sich ideal zum Museumsbesuch, denn es ist ziemlich kalt und nass an diesem Oktobertag, und etwas Besseres zu tun habe ich auch nicht. Außerdem findet Sophie in solchen Ausstellungen immer viele Ideen für ihre Fotoprojekte. Davon haben wir auch etwas, wenn wir neue Motive für unsere Zimmer wollen. Sophie hat Marc dabei, und Marie hat ihren Zukünftigen Daniel mitgebracht. Und ich, nun ich stehe alleine da. Aber das bin ich ja gewöhnt, und so verbringen wir trotzdem einen schönen Nachmittag, wenn auch Gedanken an Lea immer wieder in meinem Kopf herumgeistern.

„Und Rachel, hast du schon etwas von dieser Lea gehört?", fragt mich Marc plötzlich und lässt Sophies Hand los, um neben mir laufen zu können. Wie das schon klingt, „diese" Lea. „Drei Mal darfst du raten, natürlich nicht. Sonst hätte ich das doch sofort erzählt. Und jetzt mach dich nicht über mich lustig, du weißt, wie schnell ich pikiert bin", sage ich, während ich ihn mit verzogener, böser Miene ansehe. Gleichzeitig kommt mir der, ich gebe es zu, wirklich wahre Satz in den Sinn: *„Hysteriker sind überaus sensibel und extrem empfindlich. Leicht werden sie enttäuscht, und das führt manchmal zu unerwarteten Gefühlsausbrüchen. Sie überemotionalisieren die Situation und können nicht mehr sachlich denken."*

„Rachel, jetzt schau nicht so. Ist doch alles in Ordnung und man kann es nie vorausahnen, vielleicht meldet sie sich noch bei dir. Und auch wenn nicht, dann sollte es nicht sein. Das sagst du doch selbst auch immer."

„Du hast Recht", antworte ich und versuche mit dem möglichen Schicksal zurechtzukommen, das mich nicht mit Lea zusammenbringt, sondern als ewiger Single mein Dasein fristen sieht. In diesem Moment klingelt mein Handy.

„Das ist sicher Lea!", ruft Sophie zwei Meter neben mir und kichert dabei leise. Sie verstehen wohl alle nicht, wie ernst es mir mit ihr ist.

„Ja, hallo? Rachel hier."

Aufgelegt. Arschloch. Ich schaue auf mein Display und sehe, wie hätte es auch anders sein können, dass keine Nummer angezeigt wird, sondern nur die Worte „Unbekannter Anrufer" zu lesen sind. Wie sehr ich das hasse. Das sind bestimmt wieder die Kleinen von Florina, einer alten Schulfreundin, die ihr Handy immer unbeaufsichtigt liegen lässt. Noch ein Grund, schlecht gelaunt zu sein.

Wieder klingelt mein Handy, diesmal antworte ich in unüberhörbar genervtem Ton:

„Ja, was gibt's?"

„Oh, entschuldige, ich wollte nicht stören." Ich bin mir nicht sicher, die Stimme ist nicht so klar, aber wenn es wirklich Lea ist, dann …

„Nein, nein, keine Sorge. Sind Sie es, Lea?"

„Ja, ich bin es, habe vorhin aus Versehen aufgelegt. Tut mir leid. Aber wir waren beim „Du", schon vergessen?"

„Das waren wir? Stimmt, wir haben uns einander mit Vornamen vorgestellt", betone ich. Marie, Sophie, Daniel und Marc sind mittlerweile dicht neben mir und haben längst an meinem Blick erkannt, dass Lea am Apparat sein muss.

„Ich hätte nicht gedacht, dass du dich noch meldest", gestehe ich und bin gespannt, was sie erwidert.

„Ich hatte sehr viel Arbeit und ehrlich gesagt, wusste ich auch nicht, wie ernst du das mit dem Anrufen und der Stadtführung meintest. Ich dachte, du wolltest nur höflich sein und hättest, wenn es darauf ankommt, nicht so wirklich Lust dazu." Zumindest bin ich nicht so ganz durchschaubar, wie ich es immer vermute. Yes!

„Nein, quatsch. Wieso sollte ich denn keine Lust dazu haben? Ich kenne hier selbst noch nicht allzu viele Leute."

„Dann freu ich mich. Habe mich bloß gewundert, dass du mit deinen jungen Jahren Lust dazu hast, so eine alte Frau wie mich zu begleiten." Sie lacht leise auf. Ich stelle mir vor, wie sie dabei aussieht. Auch ich lache, um ihr damit zu zeigen, dass sie Unsinn redet und keinesfalls zu alt für mich ist. Wir beenden das Gespräch und notieren uns den 6. November im Kalender. Ich male dazu wie gewohnt – und dennoch diesmal viel mächtiger und imposanter – ein Herz dazu und für unser erstes Date die Nummer eins mittenrein. Mein Strahlen kann mir bis zum 6. November keiner nehmen.

4

November, der Sechste. Die ganze Nacht lang konnte ich
vor Aufregung kein Auge zudrücken – so wie ich als Kind
schon Tage vor meinem Geburtstag nicht einschlafen
konnte, weil ich so gespannt auf meine Geschenke und ich
mich so freute, (endlich) ein Jahr älter zu sein. Das Treffen
mit Lea ist heute Mittag. Ich laufe die ganze Zeit rastlos wie
ein Tiger im Käfig hin und her und putze die Wohnung –
für alle Fälle. Als ich das Fenster öffne, um zu lüften, bin ich
überrascht. Der erste Schnee muss gestern Nacht gefallen
sein. Die Nachbarhäuser tragen alle eine weiße, dünne
Schneemütze auf ihren Dächern und vor meinem Haus höre
ich bereits die Nachbarn den Schnee zur Seite räumen.
Momente wie diese, in denen allein die Schönheit der Natur
einen bezaubern kann, versuche ich, tief in mein Inneres
aufzunehmen. In meinem Kopf gehe ich den Weg bis zum
Wintermarkt durch, damit ich mich später vor Aufregung
nicht verlaufe, wenn ich Lea dorthin führen will. Sie verlässt
sich schließlich auf mich. Um 13 Uhr vor der Riesenskulptur
am Traubergplatz, das haben wir ausgemacht. Der große
Aufwand, den ich betreibe, um mich besonders schön zu
kleiden und zu schminken, lohnt sich. Um Punkt halb eins
bin ich gerichtet und zufrieden. Mein frisch geschnittenes,
zurzeit goldbraunes Haar liegt leicht auf meinen Schultern
an, meine Lippen sind in einem dunklen Rotton gefärbt, und
heute leuchten meine Augen grüner als sonst. Mein
Spiegelbild lächelt mir zu, und weg bin ich. Natürlich

komme ich wieder zu früh, das ist so eine Angewohnheit von mir. Aber es ist ziemlich kalt, und das 15-minütige Warten hätte ich mir wirklich sparen können. Egal. Ich kann ja Menschen beobachten.

„Hallo Rachel." Sofort drehe ich mich um, und da steht sie vor mir. Die schöne Lea. Überpünktlich, wie ich. „Super, dass du auch schon da bist", sage ich. „Ja, das passiert mir häufiger, dass ich zu früh dran bin", erklärt sie mir. „Das kenne ich gut." Wir laufen los. Nachdem wir mit „Mir-geht's-auch-gut-danke" fertig sind, frage ich sie, was sie beruflich macht, schließlich weiß ich kaum etwas über sie. Sie erzählt, dass sie als Lektorin tätig ist und berichtet von dem Manuskript, dass sie vor zwei Tagen erhalten hat: „Es handelt von einem Mann, der nach 20 Jahren feststellt, dass er eigentlich Männer liebt. Daraufhin verlässt er seine Ehefrau. Na ja, jedem das Seine, aber das ist nicht so mein Ding." Keine Ahnung, was ich darauf antworten soll. Ist die homosexuelle Neigung nicht „ihr Ding" oder einfach der Stil des Buchs? Das so späte Entdecken dieser Neigung? Gerne würde ich sie darauf ansprechen, aber das ist zu früh. Man darf ja nicht gleich mit der Tür ins Haus fallen, also entgegne ich: „Ich habe auch einmal versucht, ein Buch zu schreiben, leider bin ich daran aber irgendwann gescheitert, es ging einfach nicht weiter. Damals war ich auch erst 12." „Das ist ja süß, 12 ist auch sehr früh, denke ich. Probier's doch noch einmal?" „Ja, mal sehen. Momentan bindet mich mein Studium voll ein." Dann erfahre ich, dass sie selbst auch Gedichte und Kurzgeschichten verfasst – sie ist so toll! Ein Gedicht von ihr zu lesen, wäre großartig. Es scheint aber, als sei sie sehr bescheiden damit, denn als sie davon erzählt, wirkt sie schüchtern. Wir sprechen über unsere Lieblingsbücher und über mein Studium und laufen währenddessen an den Ständen des viel besuchten Wintermarktes vorbei. Wir riechen an Seifen, blättern durch Bücher, sehen uns den Schmuck an und trinken zusammen einen heißen Glühwein. Wir hören die verfrüht weihnachtlich stimmungsvolle Musik, und obwohl diese mir sonst nicht so sehr gefällt, genieße ich sie heute Abend. Mitten im Gespräch über Freizeitbeschäftigungen schaut Lea mich musternd an und meint dann: „Du bist sehr reif für dein Alter. So wie du sprichst und auch das, was du sagst." Das war ein Kompliment, eindeutig. „Vielen Dank, das freut mich." Mein Lächeln unterstreicht meine Aussage. Für eine ganze Weile konnte ich die Kälte vergessen, aber jetzt bemerke ich, wie meine Fußzehen kurz vor dem Gefrieren sind und meine Nase läuft. Als könnte sie meine Gedanken lesen, fragt sie mich genau in diesem Moment, ob mir auch so kalt sei wie ihr. „Ja, es ist wirklich kalt." Anstatt sie zu mir einzuladen, wozu ich zu schüchtern bin, wie ich mir nun eingestehe, schlage ich vor, dass ich sie nach Hause begleite. „Hör mal", entgegnet sie, „ich begleite dich nach Hause, nicht du mich. Es wird dunkel und du bist ein junges Mädchen, dir könnte etwas passieren." Unsicher damit, ob sie das erst gemeint hat oder mich neckt, schaue ich sie fragend an. „Das meinte ich nicht ganz ernst. Aber ich bringe dich gerne nach Hause, dann lerne ich noch mehr von dieser Stadt kennen." Wir laufen den Weg zu mir nach Hause und verabschieden uns mit einer Umarmung an meiner Tür. Das war ein wunderschöner Abend. Ob es ihr genauso gut gefallen hat wie mir? Selbstverständlich berichte ich von dem Verlauf des Dates wenige Minuten später zuerst Sophie, dann Marie und dann meiner Schwester Lya am Telefon.

5

Am nächsten Morgen wird mir bewusst, dass ich mich wieder mehr in das Studium reinhängen muss. Nächste Woche steht eine Prüfung an und ich habe noch nichts dafür gelernt. Mit meinen Gedanken bin ich zurzeit einfach überall, außer da, wo sie sein sollten – beim Interviewing. Meine Studienfreunde und ich setzen uns heute Mittag in der Bücherei zusammen, um ein paar Themen zu besprechen und durchzugehen, vielleicht hilft das. Etwa alle zehn Minuten bleiben wir nicht bei der Sache und irgendeiner, nicht nur ich, interveniert mit einem ganz anderen, privaten Thema und regt damit zur Diskussion an. Diesmal ist es Sandy: „Habt ihr schon gehört, Herr Tümpner hatte etwas mit einer aus unserem Jahrgang. Ich weiß aber nicht, wer es ist!" „Woher weißt du das", fragt Lisa „Sie hat Recht. Woher weißt du das, bitteschön?", entgegnen wir. „Keine Ahnung, aber so etwas spricht sich doch immer schnell herum", meint Sandy. „Die hatten anscheinend sogar Sex in seinem Büro!". „Das ist ja echt verrückt", stellt Melanie fest. „Und gefährlich. Vor allem … wer bitteschön, okay Rachel, außer natürlich dir, steht schon auf so einen alten Ekel?" Die anderen lachen und ich lache mit, obwohl es im Grunde gar nicht so lustig ist. Wenn herauskäme, dass ich was mit Boris hatte, dann … daran möchte ich nicht einmal denken. Als mir plötzlich eine

Frage gestellt wird, wird mir bewusst, dass ich nicht alleine bin, sondern inmitten einer Lerngruppe, Ich zwinge mich dazu, sofort wieder mitzumachen und später, als wir uns gegenseitig abfragen, kann ich schon erste Erfolge sehen.

Als ich spät abends nach Hause komme, steht jemand vor meiner Tür. Unglücklicherweise sind meine Kontaktlinsen schon draußen, weil sie mir nach einigen Stunden unbequem werden. Ich muss sie dann abends herausnehmen, um nicht leiden zu müssen. Vor mir steht daher also eine verschwommene Person, die weiblich und blond zu sein scheint. Oh mein Gott, könnte es Lea sein? Mit schnellen Schritten nähere ich mich der Frau. Als ich etwa einen Meter von ihr entfernt bin, erkenne ich sie, es ist Sophie. „Hey, was machst du denn hier?" Sie ist kurz vorm Weinen, das kann ich jetzt sehen. „Marc und ich haben uns gestritten", erwidert sie mit ihrer zarten, traurigen Stimme. Oh oh, wenn sie jetzt anfängt zu weinen, muss ich sie trösten – und das würde ich auch gerne, bloß bin ich darin nicht sehr gut, und es ist mir nicht besonders angenehm. Das ist auch so eine Sache, an der ich unbedingt arbeiten sollte. Trösten und getröstet werden. „Möchtest du mit hochkommen und mir alles erzählen?" Stünde sie sonst an meiner Tür, spät abends, mit trauriger Mimik? Nein. Natürlich möchte sie mir erzählen, was los ist! Oben angekommen drücke ich ihr meine angebrochene Ben & Jerrys Eispackung in die Hand und sie nimmt diese dankend entgegen. Eis hilft bei so was immer. Immer!

Sophie beginnt zu erzählen: „Er war mal wieder eifersüchtig. Du weißt ja, weil ich mit Markus noch Kontakt habe." Markus, das ist der Ex von Sophie. Sophie und er, ihre erste große Liebe, waren vier Jahre zusammen, bis sie Marc kennen lernte. „Jedenfalls hat er mich gefragt, warum ich überhaupt noch Kontakt mit Markus habe, dass er das nicht verstehen kann und das nicht möchte. Ich verstehe das ja auch irgendwie, aber ich habe ihm schon tausendmal erklärt, dass Markus und ich nichts mehr füreinander empfinden, sondern nur befreundet sind." „Ja, das ist schwierig", bestätige ich sie. „Vor allem würdest du es bestimmt auch nicht gut finden, wenn er noch zu Emilie Kontakt hätte. Oder?" Sie überlegt kurz und antwortet dann etwas zögerlich: „Ja, ich würde es auch nicht wollen. Aber es kommt doch darauf an, wie Schluss gemacht wurde, und bei Markus und mir war es vorbei, weil wir nur noch freundschaftliche Gefühle hatten." Sie hat Recht. Es kommt auch darauf an, wie die Beziehung beendet wurde und wie viele romantische Gefühle am Ende bleibe, die eine Freundschaft unmöglich machen. Um mehr zu erfahren, frage ich nach: „Darüber habt ihr aber auch schon öfter gesprochen. Wieso ist es diesmal eskaliert, was ist dann passiert?" „Er hat diesmal klar gesagt, dass er nicht möchte, dass ich Markus weiterhin sehe, und das habe ich nicht akzeptieren wollen. Immerhin kann er mir auch nicht verbieten, dich oder Marie nicht mehr zu sehen. Ich habe also gesagt, dass er das vergessen kann, und dann ist er einfach gegangen. Keine Ahnung, wohin er ist, aber das war vor fünf Stunden und seitdem habe ich nichts mehr von ihm gehört." Ich nicke verständnisvoll und sage ihr, dass sie sich keine Sorgen machen soll, da er sich sicher nur abreagieren muss, spätestens morgen Mittag wieder melden wird und sie dann noch einmal darüber sprechen können. „Vielleicht wäre es auch eine Lösung, wenn du Markus seltener triffst oder ihr euch irgendwie anders einigen könnt", schlage ich vor. Wir verbringen die restliche Nacht damit, über alte Zeiten zu reden und ganz viele Kalorien aufzunehmen. Dann fährt sie wieder nach Hause, und ich kuschle mich mit vollem Magen zufrieden in mein warmes Bett. Das mit dem Trösten habe ich heute ganz gut hinbekommen, denke ich. Irgendwann muss ich mich ja auch weiterentwickeln und das ist schon einmal ein guter Anfang.

6

Ist es möglich, sich in sich selbst zu verlieben? Immerhin lebt man sein Leben lang mit sich zusammen und kennt sich selbst am Besten.Außerdem erspart man sich damit die jahrelange Suche nach dem richtigen Partner, die hunderten Weinkrämpfe, die auf das Scheitern einer Beziehung oder unerfüllten Liebe folgen. Die sexuellen Frustrationen und Probleme könnten ideal gelöst werden. Schließlich weiß man ja irgendwann, was einem selbst gefällt.. Gleichzeitig braucht man niemals eifersüchtig sein, und Geld sparen kann man mit der Idee auch, weil man nur ein Bett braucht, nur eine kleine Wohnung, nur ein Ticket, um in die Flitterwochenzu fliegen et cetera. Je länger ich darüber nachdenke, desto mehr Vorteile fallen mir dazu ein. „Rachel, können Sie darauf eine Antwort geben?", höre ich plötzlich meinen Professor sagen. Mist, ich habe wieder nicht aufgepasst. „Nein, das tut mir leid." „Wo sind Sie denn schon wieder mit Ihrem Kopf", fragt er mich daraufhin. Meine ehrliche Antwort platzt aus mir heraus: „Ich habe mir überlegt, ob es nicht viel sinnvoller wäre, wenn wir uns nur in uns selbst verlieben würden." Ein leichtes Gelächter geht durch den Saal.

Nach der Uni setze ich mich zu Hause vor den Computer, um mich etwas genauer über den weiblichen Orgasmus zu informieren, da meine Mitstudentinnen und ich zuvor ein interessantes Gespräch darüber geführt hatten. *Eine Frau kann auf zwei Ebenen zum Höhepunkt gelangen. Es gibt den klitoralen Orgasmus, der über die Stimulierung der Klitoris erlangt werden kann, sowie den Orgasmus über den G-Punkt.* Um mich noch genauer zu informieren, sehe ich mir eine Dokumentation zum weiblichen Orgasmus an. Erstaunt stelle ich fest, dass ich bisher noch nie einen „G-Punkt"-Orgasmus erlebt habe, dass ich das aber noch unbedingt möchte – vielleicht sollte ich mir doch mal einen Dildo oder einen Vibrator besorgen? Wie ich gelernt habe, kann eine Frau nur sehr selten mit Hilfe ihrer eigenen Finger ihren G-Punkt ertasten, da dieser zu weit innen ist und Finger zu kurz sind.. Da ich zurzeit keine Aussicht auf sexuelle Erfahrungen habe (keine wirklichen Verehrer) und ich mir zusätzlich ja selbst versprochen habe, nichts einzugehen, überlege ich mir, wie ich dennoch meinen G-Punkt finden könnte. Ein Dildo, das wäre schon einmal eine Möglichkeit. Aber was, wenn es mir weh tut, einen Penis in mir zu spüren, dann wird ein Dildo ja nicht wirklich besser sein. Ganz zufällig stoße ich im Internet auf die sogenannte „Yoni-Massage". Eine Tantramassage ganz allein für die Frau, bei der der ganze Körper massiert wird und dazu auch noch die „Blume" (wie ich unsere weiblichen

Geschlechtsteile gerne nenne). *Yoni kommt aus dem indischen Sanskrit und steht für die weiblichen Genitalien. Yonimassagen werden bei Frauen durchgeführt, damit diese ihre eigene Sexualität intensiver kennen lernen können, erfahren, was ihnen besonders gefällt oder lernen, ihre Orgasmusstörungen zu beseitigen.* Ich bin begeistert! Das ist ja voll mein Ding! Sowas muss ich unbedingt mal ausprobieren, denke ich und schreibe mir die nächstgelegene Praxis auf, die die ein bis zweistündige Yonimassage anbietet. Tatsächlich, nur 15 Minuten von meiner Wohnung entfernt, bietet eine gewisse Neele solche Massagen an. Nachdem ich ihre Biografie und besonders ihr schönes Foto begutachte, bin ich mir in meinem Vorhaben sicher. Morgen werde ich dort anrufen und einen Termin vereinbaren.

Als ich im Bett liege, fällt mir auf, dass ich die Gedanken an Lea heute ziemlich gut verdrängt und nicht die ganze Zeit auf mein Handy gesehen habe, in der Hoffnung, eine Nachricht von ihr zu bekommen. Seit unserem Treffen hatten wir keinen Kontakt und ich weiß nicht, woran das liegen könnte. Ich jedenfalls weigere mich, ihr zurück zu schreiben. Immerhin weiß sie dann, dass … halt! Wieso eigentlich nicht? Was ist denn daran so schlimm, ihr mal eine kleine Nachricht zu schreiben? Als mir klar wird, dass es überhaupt nichts daran auszusetzen gibt, mich bei ihr zu melden, schreibe ich direkt darauf los und frage sie, ob wir uns nicht bald wieder treffen und sie mich zu diesem neuen Kinofilm begleiten möchte, den keiner mit mir sehen will, weil er allen zu gruselig ist.

7

Wer hätte es gedacht? Lea hat mir gestern innerhalb von wenigen Minuten geantwortet, und wir haben uns auf den Kinobesuch heute Abend geeinigt. So einfach geht das also. Zu meiner Überraschung empfängt sie mich vor dem Kino mit den bereits gekauften Karten und erklärt dazu direkt: „Ich war natürlich wieder zu früh dran, da dachte ich, ich kaufe einfach schon einmal unsere Karten." Wir umarmen uns kurz und ich darf für diesen viel zu schnell vorbeigehenden Moment ihren bereits vertrauten Duft aufnehmen. Im Kinosaal, als der Film schon läuft, fällt es mir sehr schwer, nicht nach ihrer Hand in unserer gemeinsamen Popcorntüte zu tasten und diese zu greifen. Ich muss mich immer wieder daran erinnern, dass die relativ große Chance besteht, dass sie keine tieferen Empfindungen für mich hegt und dass so eine Annäherung ein fatales Ende nehmen könnte. Zu meinem Erfreuen gibt es in dem Film relativ viele gruselige und blutrünstige Stellen, sodass sie sich immer wieder zu mir dreht und mich ansieht, damit sie nicht auf die Leinwand sehen muss. „Du bist ja richtig abgehärtet, Rachel. Wie kannst du nur so locker bei solchen Szenen bleiben?", flüstert sie mir zu. „Naja, es sähe sicher anders aus, wenn ich den Film zu Hause alleine sehen würde", versichere ich ihr mit einem Lächeln, und wir widmen uns wieder dem Film. Als sie einmal – ich nehme an, es ist unabsichtlich – ganz leicht mit ihrer Hand meine berührt, spüre ich, wie sich eine Wärme aus meinem Bauch heraus im ganzen Körper ausbreitet. Um nicht zu sehr in dieser

Sehnsucht nach ihr zu verfallen, konzentriere ich mich lieber wieder auf den Film. Kurz darauf ist dieser auch schon vorbei. Lea und ich bleiben noch eine ganze Weile im leeren Kinosaal sitzen und unterhalten uns über unsere erste feste Zahnspange und unsere jugendlichen Erfahrungen mit Zigaretten. Wir kichern dabei ununterbrochen, weil uns klar wird, wie viele Erfahrungen man doch macht, die wohl jeder Teenie sehr ähnlich erlebt und von denen wohl jeder Teenie behauptet, sie seien cool und einzigartig. Als wir darüber grübeln, wohin wir als Nächstes gehen sollen, um uns weiter unterhalten zu können, schlage ich vor, das Gespräch in meine Wohnung zu verschieben. Immerhin wohne ich nur zehn Minuten vom Kino entfernt, und dort ist es nicht so laut, wie in einer Bar. Außerdem wäre SIE dann in meiner Wohnung. Lea willigt ein, und wir laufen zügig los, um nicht in der Kälte draußen zu erfrieren.

Im Warmen angekommen, bereite ich ihr einen Pfefferminztee zu, während sie sich in meiner Wohnung umsieht. Ich glaube es gefällt ihr, denn sie staunt immer wieder über ein Dekoartikel oder ein Foto an meiner Wand. Perplex bin ich, als sie, wie aus dem Nichts, aus dem Nebenzimmer in die Küche kommt und mich fragt, ob ich denn einen Freund habe. „Einen Freund? Nein. Sowas habe ich nicht." Wir lächeln einander zu, und ich stelle ihr dieselbe Frage. Sie ist eine kleine Weile still und schaut mich mit ihren ernst gewordenen Augen an, die mich in dem Moment ziemlich verunsichern. Dann erklärt sie: „Ich bin jetzt auch Single. Aber vor zwei Jahren war ich noch verheiratet." Verheiratet... Sie hat also schon jemanden so sehr geliebt, dass sie entschied, das ganze Leben mit ihm verbringen zu wollen. „Vermutlich möchtest du nicht, dass ich jetzt nach weiteren Details frage", stelle ich fest und schaue sie dabei fragend an. Lea antwortet mit ihrer sanften, aber durchaus entschlossenen Stimme: „Nein, lieber nicht. Ein anderes Mal erzähle ich dir bestimmt mehr darüber." Es kommt mir so vor, als habe die gescheiterte Ehe sie ziemlich verletzt, denn auf einmal ist sie sehr still und es dauert ein paar Minuten, sie wieder dazu zu bringen, mir ein Lächeln zu schenken. Aber meine Mühe lohnt sich – auf meinem Sofa sitzend, beide mit unseren wärmenden Tees in unserer Hand, unterhalten wir uns noch eine ganze Weileüber alles Mögliche.

Bevor sie geht, bedankt sie sich bei mir: „Rachel, das war wirklich schön mit dir. Irgendwie ist es so, als kennen wir uns schon eine Ewigkeit. Und auch wenn du noch so jung bist, das stört überhaupt nicht in unseren Unterhaltungen."

„Lea, du weißt doch noch gar nicht, wie alt ich bin."

Sie grinst, und fragt dann: „Wie alt bist du denn?"

Unsicher, ob ich ihr wirklich die Wahrheit sagen soll, antworte ich dann doch ehrlich: „Ich bin 20. Und du?"

Ihr überraschter Blick sagt schon alles: „20? Oh oh, dann bist du ja noch jünger, als ich vermutet habe. Ich bin 34."

Als ich im Bett liege schlafe ich mit der Gewissheit, dass sie für mich das perfekte Alter hat, schnell ein.

8

„Darf ich noch kurz meinen Kaugummi wegwerfen?", frage ich.

„Na klar. Wie immer", spricht mir Frau Dr. Schatz zu, bei der eben meine psychoanalytische Gesprächsstunde begonnen hat.

„Ja, aber ich kann ihn diesmal nicht in Papier einwickeln, ich habe nämlich keins."

„Na, dann nehmen Sie doch eines dieser Taschentücher hier. Die sind eigentlich zum Tränen trocknen, aber bei Ihnen ... Sie vergeuden ja nicht gerade meine Taschentücher." Frau Schatz und ich müssen lachen, und sofort fällt mir wieder ein, weshalb ich sie so mag. Recht hat sie mit ihrem Kommentar aber es stimmt schon: Geweint habe ich bei ihr noch nie, obwohl mir manchmal sehr danach zumute wäre. Ich beginne damit, ihr von dem Streit mit Boris zu erzählen, den ich einen Tag nach dem Date mit Lea hatte.

„Seit gestern werde ich wieder gehasst. Raten Sie mal warum?!"

„Von wem werden Sie jetzt gehasst?" flüstert sie und sieht dabei nachdenklich aus. „Boris?"

„Ja, richtig. Ich habe wieder etwas Dummes gemacht. Wir hatten ausgemacht, dass er gestern zu mir kommt, ohne, dass etwas passiert, also einfach um zu reden und mal wieder alle Neuigkeiten auszutauschen. Und wir hätten wirklich nur geredet, weil wir das ja so besprochen haben. Und selbst wenn er mehr gewollt hätte … ich hatte mich extra nicht rasiert, also hätte gar nichts passieren können. Ich hätte mich damit selbst schützen können. Zwei Stunden vor dem ausgemachten Date kamen mir dann wieder viele Gedanken in den Sinn. Ich habe darüber nachgedacht, das Date abzusagen. Einfach weil ich Angst hatte oder wieso auch immer – ich kann das Gefühl nicht ganz beschreiben. Jedenfalls wusste ich, dass wenn ich absagen wollte, ich es sofort machen müsste, damit es nicht zu kurzfristig und er dann schon auf dem Weg zu mir gewesen wäre. Also schrieb ich nach langem hin und her eine SMS und sagte mit der Begründung ab, dass es nicht normal oder einfach nicht richtig sei, wenn die Angst, jemanden zu treffen größer ist, als die Freude, ihn zu sehen. Anscheinend hat er die SMS nicht gelesen und stand dann um 16 Uhr vor meiner Tür und klingelte. Ich weigerte mich, zu öffnen und blieb ganz still im Bett, damit er nicht hören konnte, ob ich zu Hause war oder nicht. Nachdem es etliche Male geklingelt hatte und auch mein Handy immer wieder vibrierte, war er weg. Und mit seinem Verschwinden empfing ich zwei Mailboxnachrichten, die ich erst später abhörte, weil ich schon ahnen konnte, was mich erwarten würde. Jedenfalls hat er mir dann auf die Mailbox gesprochen, wie scheiße er mein Verhalten finde und wie sehr ich ihn verletzt hätte und dass er mich nun eben „hasse". Ich hole tief Luft, um meinen Redefluss fortführen zu können. „Ja, er sagte dann also, dass er mich hasse. Also ehrlich, das macht doch kein erwachsener Mann, oder? Irgendwie finde ich nicht, dass man so etwas gegenüber einer Person sagt, die man einmal geliebt hat. Aber was solls. Dann hat er mir noch auf Facebook die Freundschaft gekündigt und mich gesperrt. Wie unnötig." Während ich die Geschichte erzähle, merke ich, dass mich sein Verhalten und Getue aggressiv macht. Klar, ich habe ihn verletzt, klar, mein Verhalten war nicht gerade sehr nett und klar habe ich schon einige Male zuvor Dates mit ihm abgesagt, weil ich unsicher war, aber ein wenig muss er sich auch in meine Lage versetzen können. Und ich bin nun mal etwas ... schwierig. Ich erkläre Frau Schatz noch, dass das mit dem „Dates-kurz-vorher-absagen" bei mir schon ein bekanntes Phänomen ist und ich das sogar ab und zu bei Freunden mache.

Das erste, was sie nach dieser langen Geschichte zu mir sagt, ist: „Rachel, ich denke manchmal, dass Sie diese Treffen zu spontan entscheiden, und dass, obwohl Sie eigentlich schon tief im Inneren spüren, dass es Ihnen zu schnell geht und Sie lieber noch etwas chatten oder telefonieren würden, bevor Sie sich treffen. Vielleicht sollten Sie versuchen, die Grenzen früher zu setzen, und dann damit verhindern, dass Sie kurz vor dem Treffen absagen und andere dadurch verletzen. Sie haben x-mal die Erfahrung gemacht, dass Sie nicht nein sagen können, obwohl Sie wissen, dass Sie eigentlich gar nicht wollen. Und ich glaube, Ihnen ist sogar schon einmal jemand über den Weg gelaufen, der der Richtige gewesen sein könnte, bloß eben zum falschen Zeitpunkt. Wenn ich dann an Marcel denke, den Fitnesstrainer, der sich wirklich schäbig Ihnen gegenüber benommen hat, dann war er in dem Fall wohl der Falsche für Sie in dieser Zeit. Aber Sie haben ihn geliebt. Und im Grunde sind Sie ihm ziemlich ähnlich – auch Sie können sich oft nicht richtig abgrenzen.

Er konnte nicht widerstehen, eine Liaison mit Ihnen zu führen, konnte aber gleichzeitig nicht auf eine Beziehung eingehen und Ihnen das klar machen, oder einfach nein zu allem sagen. Sie hatten bestimmt auch was sehr Verlockendes für ihn gehabt." Frau Schatz und ich gelangen nur selten an einen Schweigemoment – wie auch heute deutlich bemerkbar ist. Ich rede und rede und sie kommentiert und antwortet und berät, und so geht das weiter, bis auf einmal die Zeit vorüber ist, und ich noch immer nicht alles erzählen konnte, was mich beschäftigt. Aber momentan ist noch etwas Zeit und wir hangeln uns weiter an andere Themenbereiche meiner Persönlichkeit.

„Ich denke, es ist ein unheimlicher Drang von Ihnen, die Dinge nach außen zu bringen. Sie öffnen sich auch unheimlich schnell, was eigentlich eine tolle Fähigkeit ist, gerade auch in der Therapie, aber Sie öffnen sich auch oft zu weit – auch weil Sie es wollen – es ist so ein Drang, als würden Sie eine Wahrheit suchen. Sie müssen eben nur noch mehr lernen, Grenzen zu setzen. Aber daran arbeiten wir, und ich finde schon, dass Sie Fortschritte machen und lernen, was Sie wirklich brauchen." Und sie hat Recht, ich mache Fortschritte.

9

Die Yoni-Massage steht an. Als ich den Warteraum der Praxis betrete, empfängt mich eine entspannte Atmosphäre, die zu meiner Aufregung in einem krassem Gegensatz steht. Ich setze mich hin und nehme verschiedene wohlriechende Düfte wahr, die vermutlich ihren Ursprung in diversen

Räucherstäbchen finden. Ich versuche, die rot-orangefarbenen Wände auszublenden und noch einmal in mich zu kehren. Was möchte ich mit dieser Massage erreichen? Habe ich überhaupt ein bestimmtes Ziel oder ist es pure Neugierde? Meine Gedanken werden durch das Öffnen der weißen Tür vertrieben und ich erblicke Neele, die Masseurin. Sie erweckt in mir sofort den Wunsch, sie näher kennen zu lernen, denn sie strahlt eine liebenswürdige Art aus und ist zudem auch hübsch mit ihren dunklen Augen und ihren langen, braunen Haaren. Sie wird etwas über 30 sein, schätze ich. Sie lächelt und heißt mich willkommen, indem sie mir die Hand gibt. Eine warme Hand hat sie, einen sanften und doch selbstsicheren Händedruck. Sie bittet mich in einen überschaubaren, abgedunkelten Raum mit einem hochgestellten „Thron", einem Massagetisch, und wir setzen uns zusammen hin, um das Vorgespräch zu führen. Hier kläre ich sie über meine Beweggründe auf und erzähle in Kurzfassung, wie unmöglich es für andere ist, mich zum Orgasmus zu bringen und wie unentspannt ich in solchen Situationen bin. Und schon geht es los. Ich entkleide mich langsam und etwas unsicher und sie bereitet die letzten Einzelheiten vor. Im Hintergrund läuft leise eine beruhigende Musik, die mit verschiedenen Frauenstimmen untermalt ist. Der Raum ist angenehm warm, und das Licht betont meine Figur positiv – glaube ich, hoffe ich – schließlich möchte ich Neele irgendwie auch gefallen. Neele setzt sich im Schneidersitz mir gegenüber. In ihren Händen hält sie eine Schale mit einer Kräuter- oder Pflanzenart, die durch das vorherige Anzünden etwas raucht. Sie erklärt, dass sie damit unsere

Intimität und Weiblichkeit herbeiruft und schützt, während sie behutsam den Rauch mit Hilfe einer Art Feder zu mir und sich lenkt. Dann soll ich mich auf den Bauch legen. Ich schließe meine Augen und genieße wie sie mich sanft massiert. Mit ihren Händen, pelzartigen Decken, heißen Steinen und etwas, das sich anfühlt wie Sandkörner, die sanft auf mich herunterrieseln. .. Es ist merkwürdig, aber unbeschreiblich schön. Ab und zu spüre ich, wie sie mit einem oder zwei Fingern über mein Gesäß fährt und etwas zwischen meine Beine gleiten lässt. Meine anfängliche Erregung verstärkt sich, als ich plötzlich meine, ihre nackten Brüste auf meinem Rücken zu spüren. Das kann doch nicht sein, denke ich. Vorhin war sie doch noch angezogen? Und außerdem: Wieso sollte sie nackt sein? Meine Neugier ist kaum zu stoppen und diese bringt mich schließlich dazu, mir zu erlauben, für einen kurzen Augenaufschlag nachzuprüfen, ob sie… WOW, okay. Ja, sie ist nackt. Obenrum zumindest auf jeden Fall. Verrückt. Da massiert mich eine halbnackte, sehr schöne Frau in intimster Weise und ich liege einfach nur da. Zu schüchtern bin ich, meine Augen länger auf ihrem Körper ruhen zu lassen so herauszufinden, ob sie untenrum auch entkleidet ist. Egal, ich habe soeben ihre Brüste gesehen…und sie hat einen schönen, großen Busen… In der Hoffnung, meiner geliebten Lea mit den Gedanken über Neele nicht fremd zu gehen, widme ich mich wieder voll und ganz meiner Massage. Ich soll mich umdrehen und liege nun auf dem Rücken. Mein ganzer Körper wird auf unterschiedlichste Weise durchgeknetet, gestreichelt und massiert, und jede Körperzone wird mit den verschiedenen Materialien erfreut. Es geht mir gut, obwohl

Neele mich immer wieder darauf hinweisen muss, dass ich ruhiger und gelöster atmen soll, um meine Nervosität damit loszuwerden. Aber wie soll man auch seine Nervosität loswerden, wenn man zum ersten Mal von einer halbnackten Frau massiert wird?

Es ist so weit, sie kommt meiner Yoni immer näher. Dafür setzt sie sich nun so hin, dass sie meine Beine über ihre nimmt, und ich dennoch bequem liegen bleiben kann. Ich bemerke, dass ich mittlerweile ziemlich feucht sein muss. Sie merkt es wohl auch, denn just in diesem Moment ist sie nur einige Millimeter von meiner Klitoris entfernt. Immer wieder geht sie auch sicher, dass mir gefällt, was sie macht und fragt nach, ob es in Ordnung ist, wo sie mich massiert. Und ja, es ist in Ordnung. Absolut..

Dann höre ich sie irgendwann sagen: „Ich klopfe nun bei Rachels Yoni an und frage sie, ob sie mich hereinlassen will." Ich muss etwas kichern, unterlasse es aber sofort und antworte ihr: „Ja, meine Yoni erlaubt es." Kurze Zeit später fühle ich, wie Neeles Finger in mir sind. Es könnten ein oder zwei Finger sein, ich bin mir nicht sicher. Sie ist nicht tief in mir, und doch gelangt sie schnell an eine bestimmte Stelle, die sich für mich wund anfühlt und etwas schmerzt. Ich teile ihr das mit und stelle fest, dass derselbe Schmerz bei mir dann entsteht, wenn der Penis eines Mannes in mir ist . Sie meint daraufhin, dass wir gerne daran arbeiten können, diese Stelle zu entspannen und ihr gut zu tun, sodass sie in Zukunft nicht mehr so weh tut. Das sollten wir aber ein anderes Mal machen, denn dies kann man nur in einem Prozess mit mehreren Yoni-Massagen erreichen. So schnell die intensive Berührung begonnen hat, ist sie auch schon wieder vorbei. Ich glaube wirklich, es sollte nicht heißen, „die Zeit vergeht so schnell wie im Fluge", sondern eher „die Zeit vergeht so schnell wie bei einer (Yoni-)Massage" – das trifft es viel eher.

Zum Schluss legt sich Neele seitlich hinter mich. Ich liege ebenso auf der Seite. Sie umarmt mich vorsichtig von hinten. Es ist nicht zu beschreiben, wie gut das tut, einfach jemanden hinter sich zu haben. Sie fährt mir sanft durchs Haar und ich spüre sogar ihren Atem, der mir Gänsehaut an den Armen, den Beinen, meinen Brüsten, und sogar meinem Kopf verschafft. Etwas Melancholie erfasst mich, als sie sich entfernt und mir zuflüstert: „So, liebe Rachel, nun darfst du langsam, in deinem Tempo, wieder zu dir kommen und dich anziehen." Neeeeeeeeein, ich will aber nicht. Das sage ich natürlich nicht. Tatsächlich nicke ich mit dem Kopf, drehe mich zu ihr um, lächle sie an und bin schnell wieder im Stand. In der leicht windigen Nacht laufe ich nach Hause. Ich strahle von Kopf bis Fuß und aus jeder meiner Hautporen. Der sinnliche Geruch der Räucherstäbchen verfolgt mich bis in meine Dusche und auch danach, als ich im Bett liege, rieche ich sie noch.

10

Ich hatte wieder einmal Recht. Sophie schrieb mich soeben im Chat an und erzählte in exorbitanter Euphorie, dass Marc sich wieder gemeldet hat und beide sich nun versöhnt haben. Oh Wunder, wer hätte denn damit gerechnet? Bei aller Ironie: Ich freue mich für sie. Wenn sie und er sich streiten, ist sie immer so traurig – das ist kaum auszuhalten.

Als ich jedoch erfahre, wie es zu der Aussöhnung gekommen ist, werde ich wieder etwas kritischer. Sie schreibt, dass sie nachgegeben und ihm versprochen hat, sich in Zukunft nicht mehr mit ihrem Exfreund zu treffen. Sie hat also das gemacht, was Marc letztendlich gewollt hat. Und in dieser Hinsicht hat nur er gewonnen, sie muss verzichten. Hätten die Beiden denn keine Kompromisse eingehen können? Na, immerhin ist Sophie jetzt glücklich. Sie schickt mir noch etwa 50 000 Fotos von sich und ihrem Schatzi und danach kann ich mich endlich vom PC losreißen … um direkt danach den Computer wieder einzuschalten, weil mir einfällt, dass ich doch noch eine E-Mail an Neele schreiben wollte …

Liebe Neele,

jetzt habe ich die letzten Stunden darüber nachgedacht, ob ich dir diese E-Mail schreiben soll oder nicht …

Mein Erlebnis mit dir neulich habe ich als sehr schön und intensiv empfunden. Es war eine Mischung aus Sinnlichkeit, Entspannung, Erotik und vor allem auch Nähe und Verbundenheit, die ich wahrgenommen habe. Sehr wichtig war es für mich auch, eine intime Situation zu erleben, in der nicht das Ziel verfolgt wird, dass man selbst unbedingt „kommen" muss und man sich dadurch unter Druck gesetzt fühlt und gar einen Orgasmus vortäuscht. Danke auf jeden Fall dafür, auch wenn du „nur" deinen Job gemacht hast. ;-)

Es scheint, als wärst du eine unglaublich sympathische und liebevolle Frau, und deshalb traue ich dir auch zu, dass du gut damit umgehen kannst, wenn ich dir sage, dass ich während der Massage den Wunsch hatte, deine Hand halten zu dürfen, wenn du über meine gestrichen bist oder dich sogar … zu küssen? Ja, tut mir leid, das ist nun schrecklich ehrlich bin, aber … irgendwie hoffe und denke ich, dass du das ebenso akzeptieren kannst, ohne mich als sonderbar einzustufen…

Ich schreibe weiter, dass es vermutlich normal ist, wenn sich „Patienten" nach so einer Massage zu ihr hingezogen fühlen und ende dann mit herzlichen Grüßen. Schon nach wenigen Stunden finde ich im E-Mail-Postfach ihre Antwort, die mich aufatmen lässt. Sie findet es überhaupt nicht sonderbar, dass ich so fühle und denke. Sie freut sich, dass ich ihr meine Gedanken so ehrlich offenbart habe. Außerdem betont sie, dass diese Arbeit nicht nur ein Job für sie sei, sondern sozusagen ein „Gottes- oder Göttinnendienst", etwas, das ihr sehr wichtig und wertvoll sei und etwas, bei dem sie mit ihrem ganzen Wesen und Herz bei dem zu massierenden Menschen sei. Leider gibt sie mir kein klares Indiz dafür, ob es verboten wäre, sie zu küssen, aber sie regt mich dazu an, beim nächsten Mal solche Wünsche anzusprechen, wenn ich sie empfinde. Das nächste Mal ist hoffentlich bald wieder.

Auf einmal klingelt es an meiner Tür. Ich ignoriere es, denn ich erwarte keinen Besuch undmich besucht fast nie jemand. Wenige Augenblicke später vibriert mein Handy und ich sehe, dass Lea mich anruft. Ich rechne eins und eins zusammen und öffne daraufhin die Tür. Sie sieht traurig aus, überspielt ihre Traurigkeit aber mit einem gezwungenen Lächeln.

„Hallo Lea, was ist los?", frage ich nach.

„Ich war bloß in deiner Nähe und dachte, ich schau mal vorbei. Aber... eigentlich muss ich sowieso gleich wieder gehen", antwortet sie mit trauriger Mine.

„Bleib doch bitte. Du siehst betrübt aus, komm erst einmal herein."

Mit unsicherer Haltung folgt sie mir in meine Wohnung. Dort lade ich sie dazu ein, es sich auf meinem Bett gemütlich zu machen und sich von mir mit einem heißen Kakao bedienen zu lassen. Das Gefühl, dass Lea gar nicht über den Grund ihrer schlechten Laune sprechen möchte, steigt immer mehr in mir auf, je länger ich sie ansehe. Wir beschließen daher, einen Film zu sehen. Sie darf von meinen überschaubaren sieben DVDs eine aussuchen und entscheidet sich für eine Liebeskomödie, um ihre Laune etwas aufzuheitern. So richtig mitlachen kann weder sie, noch ich, und schweigend nebeneinander sitzen ist irgendwie auch nicht ganz so lustvoll, wenn man spürt, dass die ganze Atmosphäre eher lahm und betrübt ist.

Nach etwa der Hälfte des Filmes sagt Lea auf einmal: „Ich glaube, ich möchte dir nun doch ein bisschen darüber erzählen, wieso es mir nicht gut geht."

Sofort schalte ich den Fernseher aus und drehe mich gebannt zu ihr hin: „Na dann los, Lea. Ich höre dir gerne zu."

„Es geht um meinen Exmann. Ich habe dir doch erzählt, dass ich vor etwa zwei Jahren noch verheiratet war. Damals haben wir uns getrennt, weil er fremdgegangen ist ... und das nicht nur einmal… Wie ich später herausfand, hatte er seine halbe Sekretärinnenschaft gebumst … Tschuldigung, das war unschön ausgedrückt."

„Oh je. Das tut mir leid. Und darüber bist du logischerweise noch traurig."

„Das ist es nicht unbedingt. Ich komme so langsam gut darüber hinweg, aber seit Neustem meint er, sich wieder bei mir melden zu müssen, und ich vermute, er versucht, noch einmal eine Chance zu bekommen … jetzt, nachdem er bemerkt hat, dass seine zahlreichen Affären ihn nicht so glücklich machen können, wie ich es konnte." Sie kann sicher jeden glücklich machen, denke ich, wobei mir auffällt, dass so was zu denken momentan eher unpassend ist. Ich schaue Lea tief in die Augen und versuche ihr mit meinem Blick etwas Verständnis zu zeigen und Fürsorge zu geben, bevor ich ihr mitteile, dass es in meinen Augen das Beste sei, wenn sie gar nicht erst auf seine „Zurückgewinnversuche" reagiere.

„Ach Rachel, das sagst du so einfach. Aber klar, das wäre das Beste. Auf keinen Fall möchte ich ihn zurückhaben. Ich habe es ihm nie verziehen, und ich könnte es ihm auch niemals verzeihen." Lea und ich schauen uns wieder tief in die Augen und ich führe gleichzeitig einen Konflikt mit mir selbst, wobei ich überlege, ob ich Lea zum Trost umarmen soll oder ob ich ihr etwas anderes Gutes tun kann, wie zum Beispiel ihr anzubieten, bei mir zu übernachten. Große Überwindungskraft kostet es mich, als ich schließlich näher an sie rücke und meinen Arm um sie lege. Wider Erwarten lässt sie die Umarmung zu und schmiegt sogar ihren lieblichen Kopf sanft an meine Schulter, wobei ihr Haar mein Kinn leicht kitzelt, als ich meinen Kopf nach unten neige. Ein paar Minuten vergehen und wir verweilen die komplette Zeit in dieser Position. Dann fängt Lea an zu kichern und ich verstehe nichts mehr, bis sie sich selbst erklärt: „Noch nie hat eine Freundin mich so gut getröstet ... mit einer simplen Umarmung ... und von dir hätte ich das nun auch wirklich nicht erwartet. Irgendwie kannte ich dieses typische Trösten bisher nur von Älteren oder Gleichaltrigen, von „mutterartigen" Personen... ach keine Ahnung. Verstehst du, was ich meine?"

In voller Überzeugung antworte ich: „Ich weiß genau, was du meinst. Ich bin selbst überrascht von mir." Wir beide lächeln und ich fühle mich gut. Ich hätte nicht gedacht, dass es mir so gut gefallen würde, jemanden zu trösten – normalerweise bin ich diejenige, die beschützt, getröstet und umsorgt werden will. Ich glaube, Lea geht es genau anders herum. Mit diesem neuen Gefühl gestärkt, gehen wir auseinander und ich genieße die Idee, in wenigen Stunden in dem Bett zu liegen, auf dem Lea heute gesessen ist. In meinem. Ich lächle. Manchmal bedarf es nicht vieler Worte zu trösten.

11

Um meinen Schmerzen beim Sex und bei der Yoni-Massage näher auf den Grund zu gehen, vereinbare ich einen Termin für heute bei meiner Frauenärztin. Nachdem die üblichen Untersuchungen gemacht sind, spreche ich sie darauf an. Sie findet sehr schnell mit ihren Fingern die Stelle in meiner Yoni, die mir Sorgen bereitet und tastet vorsichtig darin herum. Sie tippt darauf, dass es ein Muskel sein muss, der sehr angespannt ist und so liegt, dass er mir weh tut, wenn etwas, sei es ein Finger,das männliche Geschlechtsteil oder die theoretisch tausend anderen Sachen, die passen könnten, daran gelangt. Das könnte eine Erklärung sein. Wenn das wirklich so ist, dann habe ich wohl noch Hoffnung auf Heilung, da ein Muskel die Fähigkeit hat, sich anzuspannen, aber auch wieder zu entspannen. Als ich der Frauenärztin erzähle, dass ich die Yoni-Massage für mich entdeckt habe, spricht sie mir zu, dass das eine gute „Heilungsmethode" sei. Schön, meine sexuellen Problemchen beruhen also nicht direkt auf psychischer Ebene.

Mit dieser neuen Erkenntnis mache ich mich auf den Weg zu der Verabredung mit Lya. Es ist mittlerweile Ende Dezember und schnell müssen wir uns eingestehen, dass es keine so gute Idee ist, in dieser Kälte in der Stadt herumzulaufen. Das nächstgelegene Café wird direkt angesteuert. Lya und ich tauschen uns über die neusten Erlebnisse in unserem Leben aus.

„Lya, Ich muss dir was erzählen."

„Oh nein. Du hattest Sex mit einer Professorin?" fragt sie mit ausdrucksloser Miene, als sei sie das schon von mir gewohnt. Ich schüttle den Kopf.

Sie erwidert daraufhin: „…mit zwei, mit drei?"

Ich muss lachen. Meine Schwester kennt mich wohl doch besser, als ich dachte.

„Nein, du Doofi. Aber die Richtung ist schon einmal nicht ganz so falsch. Es war ein Professor." Ich zwinkere ihr zu, um ihr zu zeigen, dass ich einen Scherz gemacht habe, wohlwissend, dass die Realität mit Boris anders aussieht und ich sehr wohl bis vor kurzem noch Sex mit einem meiner Professoren hatte. Als wir wieder ernster bei der Sache sind, erzähle ich ihr von der Yoni-Massage, die ich in Zukunft monatlich erleben möchte. Anfangs ist sie irritiert und etwas geschockt – ich glaube, sie stellt sich das Ganze extrem obszön und pervers vor – aber ich schaffe es, ihr zu erklären, dass es vor allem um eine Art Heilungsprozess geht und mir helfen könnte, mich sexuell wohler und frei zu fühlen (natürlich erwähne ich nicht explizit, wie erregend die Massage für mich war – das könnte für Lya zu viel sein). Zum Schluss ist sie sogar recht neugierig und fragt mich ein wenig dazu aus. Ich schlage ihr vor, mit ihrem Freund mal eine Paarmassage auszuprobieren – sie ist von der Idee angetan. Herrlich süß ist es, sobald Lya beginnt, von ihrem Freund zu erzählen. Ihre dunklen Augen funkeln dann ganz besonders schön und ihre Stimme wird um einen kleinen Ton höher. Nicht nur Marie und Sophie sind in ihren Beziehungen glücklich, auch Lya ist es. Wann sie wohl heiraten wird?

Nachdem wir auf dem neusten Stand sind, gehen wir noch ein wenig auf Shopping-Tour und ich helfe ihr dabei, sich für bestimmte Kleidungsstücke zu entscheiden oder dagegen – das fällt ihr manchmal ziemlich schwer.
Als ich alleine im Zug Richtung Heimat sitze, kommt in mir ein Gedanke auf, den ich schon eine Zeit lang immer wieder

verdrängt haben muss: Wann sage ich meinen Eltern, dass ich auch Frauen mag? Und vor allem wie? Und kann ich es überhaupt „sagen", diese Tatsache in Worten und Sätzen ausdrücken? Ihnen dabei ins Gesicht oder gar in die Augen sehen? Mit ihrer Reaktion klarkommen? Egal was ist, zu mir und meiner Neigung stehen? Irgendwann muss ein Comingout stattfinden, das ist klar.

12

Heute ist Silvester. Verrückt, wie schnell ein Jahr vergeht, verrückt, wie vieles und gleichzeitig wie wenig sich in diesen 365 Tagen verändert hat.

Vorsätze, wie das Durchhalten der neuen Turbodiät, das tägliche Ausführen des Fitnessprogramms oder das disziplinierte Lernen für die Prüfungen zum neuen Jahr, nehme ich mir schon länger nicht mehr vor – ich verwirkliche sie ja doch nur für wenige Tage.

Die heutige Nacht zelebriere ich mit den „Glücklichen", das sind Marc und Sophie sowie Marie und Daniel. Mensch, das kann ja heiter werden. Vier im siebten Himmel und ich am Boden und darunter. Hinzu kommt, dass wir bei mir in der Wohnung feiern und ich die Gastgeberin bin. Das wiederum bedeutet, dass ich, wenn alle um 4 Uhr müde sind und heim gehen (um dort dann ganz plötzlich beim Sex wieder hellwach zu sein), noch schön alleine mit den Essensresten da sitze, die ich vermutlich bis 8 Uhr morgens noch verdrücke, während ich staubsauge, die Tische abputze und Müll sortiere. Bis zu diesem freudigen Fest sind immerhin noch fünf Stunden Zeit. 20 Uhr bei mir, so haben wir entschieden. Um die restlichen Stunden sinnvoll zu nutzen, werkle ich schon einmal an meinem jährlichen Silvestergedicht herum, welches um kurz nach 0 Uhr an sämtliche Freunde geschickt wird. Da fällt mir ein, dass ich die Baguettes für das Raclette noch besorgen muss, also mache ich mich schnellen Schrittes auf den Weg in die Stadt. Wie es der Zufall will, sehe ich beim Bäcker auf einmal Lea vor mir. „Lea", flüstere ich, während ich ihr mit meiner Hand über die Schulter streiche, um sie auf mich aufmerksam zu machen. Erschrocken dreht sie sich zu mir um und als sie mein Gesicht erkennt, lächelt sie. „Rachel, du hast mich total erschreckt." Ich muss kichern. „Ja, tut mir leid."

Sie erzählt, dass sie über Silvester zu ihren zwei Brüdern fährt, um mit ihnen und deren Freunden zu feiern.

„Ehrlich gesagt, habe ich darauf gar nicht so wirklich Lust, Louis und Dennis versuchen mich bis heute noch jedes Jahr aufs Neue mit jemandem zu verkuppeln", erklärt Lea.

Sofort kommt mir eine geniale Idee in den Sinn: „Na dann feiere doch mit mir und meinen Freunden?!" Ich schaue sie mit einem erwartungsvollen und freudigen Blick an. Sie erwidert darauf, dass sie das gern täte, aber sie ihren Brüdern schon zugesagt habe und sie seit dem Tod ihrer Eltern versuche, zumindest so oft wie möglich bei ihnen zu sein.

„Oh, okay. Klar, das verstehe ich. Dann wünsche ich dir eine schöne Zeit mit ihnen. Wann bist du denn wieder zurück?", frage ich sie.

„Sobald wie möglich. Ich hoffe, bis zum 4. Januar wieder hier zu sein, ich muss ja dann auch wieder arbeiten."

Lea umarmt mich mit ihren lieblichen Armen und wir halten uns den 4. Januar als nächstes (und viertes!) Treffen fest. Wenn ich Lea am letzten Tag im Jahr sehen durfte, dann muss das ein super gutes Zeichen für das kommende neue Jahr sein. Auf einmal ist es gar nicht mehr so tragisch, dass ich heute Abend als Single dasitzen werde – in Gedanken wird Lea bei mir sein. Und wenn es sein muss, dann küsse ich um 12 Uhr eben ein Kuscheltier und stelle mir vor, dass es Lea ist.

13

Nachdem ich dann doch sehr nett mit leckerem Essen, Bleigießen und Activity-Spielen ins neue Jahr rutschen durfte, vereinbare ich zum Fortführen dieses schönen Starts gleich einen neuen Massagetermin bei Neele.

Wie beim letzten Mal ist das Massageritual eine Reise zwischen Lust, Hingabe, Entspannung, Aufregung und Sehnsucht. Die heißen Öle, die warmen Tücher, die orientalischen Gerüche, die Hände von Neele, das Prickeln auf der Haut, all diese Dinge versetzen mich in ein überwältigendes Wohlgefühl. Auch als Neele an meine Schmerzstelle gerät, bleibe ich entspannt und folge ihren Anweisungen, die mich dazu anleiten, den Muskel der Yoni etwas zu entspannen. Bevor die Zeit wieder vorüber ist, legt sich Neele wie beim letzten Mal dicht von hinten an mich. Auch wenn ich dabei ziemlich zögere, weil ich ihre Antwort nicht abschätzen kann, frage ich sie, nachdem wir lange Zeit geschwiegen haben, ob ich denn ihre Hand in meine nehmen dürfe. Sie bejaht tatsächlich und ich halte ihre rechte Hand in meiner, knapp über meinen mit leichter

Gänsehaut bepinselten Brüsten. Genau so fühlt sich Geborgenheit an.

Am Ende der Massage, die auf unerklärliche Weise das erste Mal bei ihr noch getoppt hat, bemerke ich wieder, dass Neele mich stark anzieht und ich am liebsten hier bleiben möchte. Ob das so gut ist, wenn sie so etwas in mir auslöst? Etwas nachdenklich verabschiede ich mich von ihr und irgendwie muss sie das wohl spüren, denn bevor ich einen Fuß vor die Türe setze, höre ich ihre leicht besorgte Stimme fragen: „Rachel, war etwas nicht in Ordnung für dich?" Unsicher, ob ich mein Anliegen ansprechen oder einfach sagen soll, dass alles okay ist, blicke ich nichts sagend in ihr Gesicht. Mein Handeln bewegt sie dazu, mich erneut anzusprechen: „Na komm, erzähl schon. Ich möchte nicht, dass etwas zwischen uns steht."

Als wir es uns auf dem Boden mit Decken gemütlich machen, beginne ich: „Mir ist aufgefallen, dass ich zu gerne zu dir komme zur Yoni-Massage. Sie tut mir zwar gut, aber meine Beziehungsprobleme werden durch diese Beziehung zwischen mir und dir vielleicht eher stärker, weil … nun ja die erste Beziehung, die ich je richtig gut geführt habe und über einen längeren Zeitraum, ist die mit meiner Psychologin und das ist ja, wie bei unserer Beziehung, eine bezahlte Beziehung…und vielleicht ist es wiederum gut, dass ich überhaupt eine Beziehung führe, auch wenn sie bezahlt ist, aber gleichzeitig denke ich mir, dass eine bezahlte Beziehung nun mal keine echte ersetzt, und ich bei den bezahlten Verbindungen etwas suche, was ich nicht finden kann." Weiter erkläre ich, dass ich anfangs oft sehr euphorisch von etwas oder einem Menschen sei, ich dann aber später erst merke, dass mich die Situation verletzen könne, da ich Geld bezahle, um Zuneigung zu erhalten. Im Endeffekt habe ich meist mehr Wünsche, als zu erfüllen möglich seien.

Neele hört interessiert zu und entgegnet: „Es gibt bei uns und dieser Massage eine klare Grenze und im Grunde haben wir beide hier ein Abkommen. Ich denke nicht, dass unsere Beziehung zueinander einer anderen Beziehung im Weg steht. Zumindest hält es dich nicht davon ab, eine andere Beziehung einzugehen. Vielmehr sehe ich es so, dass man durch diese Arbeit mit sich selbst besser in Kontakt kommt. Das ist doch auch Grundvoraussetzung dafür, mit jemand anderen in Kontakt zu sein … und solange die Grenzen eingebehalten werden, ist alles okay – und das kann ich sehr gut, das weiß ich." „Schade", werfe ich ein und wir beide müssen eine kleine Weile lachen. Dann fährt Neele fort und gesteht, dass auch sie es kenne, wenn man jemandem nah sei, dass dann auch eine gewisse Sympathie entstehe. „Aber es geht ja um DICH, und mit diesem Fokus kannst du auch kommen. Mit dem Fokus „Ich will mich besser kennen lernen, Ich will herausfinden wer ich bin, wie ich bin, wo ich in meinem Körper zu Hause bin". Dabei kann ich dir behilflich sein." Abschließend versichert sie mir, dass sie nun, da sie wisse, wie es mir damit gehe, darauf achte, dass sie mich während der Therapie zu mir lenke, damit ich mich nur auf mich selbst konzentriere und mich selbst besser wahrnehme.

Das war ein aufschlussreiches Gespräch, stelle ich fest, als ich mich neuen Mutes von der Praxis entferne.

14

Heute ist es soweit. Ich sage es meinen Eltern. Je eher sie es erfahren, desto einfacher wird es für sie sein, wenn ich mal mit einer Frau nach Hause kommen sollte. Ich habe mich dafür entschieden, einen Brief zu schreiben und dann abzuwarten, ob sie mich anrufen, eine Antwort schriftlich verfassen, mich erst beim nächsten Wiedersehen ansprechen oder nie ein Wort darüber verlieren … wobei ich mir das Letztere ganz und gar nicht vorstellen kann…dafür reden sie viel zu gerne. Bevor ich die Briefmarke befeuchte, den Brief schließe und damit zur Post eile, lese ich ihn noch ein letztes Mal – nach dem 14. Mal müsste dann auch genug sein – durch:

Liebe Mom und Dad,
eigentlich dürfte es euch nicht überraschen, was ich euch mit diesem Brief sagen möchte – immerhin habt ihr die letzten Monate immer wieder Andeutungen mir gegenüber gemacht, die mir zeigten, dass ihr zumindest schon eine Ahnung haben müsstet von dem, was ihr gleich erfahren werdet … vielleicht habt ihr es auch schon immer gewusst, je ne sais pas.
Um euch nicht auf die Folter zu spannen, möchte ich direkt auf den Punkt kommen: Ich bin bisexuell, wenn nicht sogar tendenziell etwas mehr lesbisch als bi.
Jetzt ist es raus. Aber es musste einfach irgendwann gesagt sein. Wie sonst, sollte ich mich euch gegenüber verhalten, wenn ich nicht mein wahres Ich zeigen könnte, wenn ich immer etwas zeigen müsste, was ich nicht bin? Außerdem weiß ich, dass ihr recht offene Menschen seid,

Menschen, die andere tolerieren und nahezu jedem respektvoll gegenübertreten – dann müsstet ihr dies doch bei eurer Tochter auch gut schaffen können!?

Jedenfalls glaube ich daran, dass ihr mich beim glücklich sein unterstützen wollt und damit dann auch zurechtkommt, wenn ich mich eines Tages für eine Frau entscheiden sollte.

Falls ihr euch Sorgen darüber macht, dass ihr unbedingt Enkelkinder wollt, so möchte ich euch erstens daran erinnern, dass wir noch Lya haben und zweitens, dass die Möglichkeiten für homosexuelle Paare beim Kinder zeugen oder adoptieren heutzutage zum Glück immer größer werden.

Der Brief soll nicht ewig lang werden und deshalb mache ich hier nun einen Cut – ich bin gespannt auf eure Reaktion und hoffe, dass sich nichts zwischen uns ändert und falls doch, dann nur im positiven Sinne, weil ich nun keine großen Geheimnisse mehr vor euch haben muss.

Mit vielen Umarmungen, ich liebe euch,
eure Tochter Rachel.

Nein, jetzt verändere ich nichts mehr daran. Sophie, Marie und Lya haben schon ihre Meinungen und Kommentare zum Brief abgegeben und wir haben schon hunderte Male das verbessert, was noch nicht passte. Jetzt heißt es einfach nur noch abwarten. Einfach … als wäre das einfach. Der Brief ist noch nicht einmal in München und ich sitze schon wie auf Brennnesseln.

Hinzu kommt, dass ich gleich noch Lea treffe, und damit steigt meine Nervosität bis ins Unermessliche. Kann man Nervosität überhaupt messen? Vielleicht, wenn man die Atemfrequenz ... Und schon klingelt es an meiner Tür. Ich mache den gewohnten Quick Check im Spiegel, bevor ich dir Tür hinter mir schließe und mit meinen schwarzen High Heels viel schneller als gut wäre, die Treppen runtertorkele, um rasch bei Lea zu sein.

Wow, sie sieht umwerfend aus. Ihre Haare hat sie zu einer lockeren Hochsteckfrisur geformt und ihre himbeerroten Lippen werden durch die rosa Note ihres Lippenstifts schön betont. Nur erahnen kann ich, dass sie unter ihrem weißen Mantel ein kleines Schwarzes trägt, welches etwas unter dem Mantel hervorsticht. Zugleich sage ich ihr, wie hübsch sie doch heute Abend aussieht und dasselbe Kompliment gibt sie mir etwas schüchtern zurück. Und wie sie riecht ... dezent und doch so eindringlich, dass es mich fast umhauen könnte.

„Also, wo wollen wir hin?", frage ich sie.

„Du sagtest doch, du wolltest mit mir in diese Buddha Lounge gehen, oder?"

Und prompt machen wir uns auf den Weg in die Buddha Lounge. Da es noch ziemlich früh ist, sind wir die Allerersten in der „Chillout-bar" und das ermöglicht uns, den schönsten und gemütlichsten Platz zu unserem zu machen. Wir deponieren die bereit gestellten Flauschkissen um uns herum und bestellen beide eine Rosé-Schorle. Sie, ich, eine schöne Atmosphäre, Lounge-Musik und Alkohol(!). Wenn das nicht zu etwas hinführt, dann weiß ich auch nicht ...

Lea und ich tauschen uns über unsere Neujahrserlebnisse aus und irgendwann erwähnt sie einen Namen ... einen Männernamen! Sofort spitze ich die Ohren und konzentriere mich auf ihre Worte, Mimik und Gestik, um sie genau deuten zu können und vor allem um zu verstehen, wer dieser „Samuel" ist, und wie sehr sie ihn mag. Ein Glück, sie scheint nicht besonders begeistert von ihm zu sein. Er hatte sie in der Disco angetanzt und schnell versucht, sie abzuknutschen, aber sie hat nicht mitgemacht und flüchtete nach diesem Szenario direkt zurück in die Wohnung ihres Bruders. „Das war echt kein guter Start ins neue Jahr", stimme ich mit ihr ein und wir unterhalten uns darüber, wieso Männer meistens so schnell zur Sache kommen wollen, wogegen Frauen eher abwarten und jemanden besser kennen lernen, bevor sie sich auf etwas Körperliches einlassen. Mit jeder Minute, die vergeht, registriere ich, wie mein Kopf und mein ganzer Körper auf den Alkohol anspringen. Bloß nicht mehr weiter trinken, denke ich, sonst versuche ich noch, Lea zu küssen. Sofern ich das beurteilen kann, scheint Lea ähnlich stark alkoholisiert zu sein, denn sie lacht über jeden einzelnen Kommentar, den ich über die Männerwelt bringe und berührt mich, zu meinem Vergnügen, häufig, wohl unbewusst, am Arm.

Eine Zeit später schlägt sie mir auf einmal vor, mit zu ihr nach Hause zu kommen. Sie sei zu müde zum Tanzen gehen, sagt sie, aber sie wolle noch nicht alleine sein und außerdem hätte ich mich ja extra so zurecht gemacht, da sei es ja sehr schade, wenn ich direkt wieder Heim ginge. Ich willige ein, und wir finden uns nur wenige Minuten später in ihrer Wohnung wieder. Ihre Einrichtung ist genauso, wie ich sie mir vorgestellt habe. Nicht kitschig, eher klassisch, schlicht, ordentlich, aber dennoch mit viel Liebe gestaltet. Sie scheint eine besondere Affinität für Postkarten zu haben, denn ihre Wände sind mit den unterschiedlichsten

Postkarten geschmückt. Postkarten aus Italien, Postkarten aus Griechenland, Postkarten aus Ägypten, von Freunden, von Kollegen, von ihrer Familie. Lea führt mich durch alle Zimmer und erzählt hier und da eine kleine Geschichte über einen Gegenstand in der Wohnung. Sie ist total süß, wenn sie angetrunken ist. Ab und zu erwische ich mich selber dabei, wie ich hinter ihr hertapse und, anstatt mich auf die Umgebung zu konzentrieren, ihren wohlgeformten Körper und ihre elegante Art zu Gehen bewundere. Dann sind wir in ihrem Schlafzimmer. Sie nimmt Anlauf, springt kichernd in ihr Bett und fordert mich dazu auf, auch dazu zu kommen. „Rachel, du musst mein Bett unbedingt testen. Es ist neu und enorm bequem!", lässt sie mich wissen. Ich betrachte sie für einen Moment, knipse mit meinem Gedächtnis ein Foto für die Erinnerung, und geselle mich dann etwas weniger sprunghaft als sie zu ihr ins Bett. Nachdem wir etwas ruhiger werden, fragt Lea mich: „Hattest du vor deinem Single-Dasein eigentlich schon viele Beziehungen? Ich habe dir ja schon Einiges über meinen Ex erzählt, aber du bist so schweigsam."

„Ich denke, dass die Beziehungen, die ich bisher geführt habe, nicht wirklich nennenswert sind. Ich habe noch nicht die richtige Liebe erfahren, daher... daher ist das alles nicht so wichtig." Lea nickt verständnisvoll, fragt mich aber dann trotzdem noch ein wenig aus. Und wieder kommen wir zu dem Entschluss, dass manche Männer einfach böse sind (nicht alle, aber manche). Man denke an meinen ersten Freund, der per MSN die Liaison beendete oder an die vielen Männer, die mit mir ihre Frauen und Freundinnen betrogen haben. Wenn ich sie nicht jetzt, wo es thematisch

gut passt frage, ob sie je etwas mit einer Frau hatte, werde ich es nie tun, also beginne ich:
„Hattest du eigentlich je etwas mit einer Frau?"

„Nein. Ich glaube auch nicht, dass eine Frau sich in mich verlieben könnte. Und du?"

Um ihrer Gegenfrage aus dem Weg zu gehen, stelle ich ihr eine weitere Frage: „Wieso glaubst du, dass sich eine Frau nicht in dich verlieben könnte?"

„Ich habe keine Ahnung. Irgendwie habe ich einfach das Gefühl, dass ich nicht der Typ bin, in den man sich als Lesbe verliebt."

„Ach, ich glaube schon, dass eine Lesbe sich in dich verlieben könnte. Es stehen ja nicht alle Lesben auf androgyne oder maskulinere Frauen... glaube ich."
„Ehrlich gesagt... ich habe mir über das Lesbisch-Sein noch nicht viele Gedanken gemacht, vermutlich weil ich noch nie das Bedürfnis hatte, etwas mit einer Frau auszuprobieren."

Oh nein! Sie ist ja total hetero, stelle ich fest, und gleichzeitig male ich mir aus, wie es sein könnte, wenn ich sie dazu bringen könnte, eine Frau, oder noch eher mich, zu lieben.

„Nun komm schon, jetzt bist du dran. Hattest du je etwas mit einer Frau?", fragt sie mich nun ein zweites Mal.
Schüchtern und abwartend antworte ich ihr, während ich ihr bewusst nicht in die Augen sehe: „Ja, einmal." Sofort packt

Lea mich am Arm und zeigt mir deutlich, dass sie unbedingt mehr darüber erfahren möchte. Also erzähle ich ihr ein wenig über Dana und mein erstes Mal mit einer Frau. „Okay, wie aufregend. Und bezeichnest du dich damit also als bisexuell?" „Ja", sage ich und man sieht ihr an, dass sie über diese Nachricht erst einmal kurz nachdenken muss... nicht im negativen Sinn, sondern einfach dass sie das nun akzeptieren wird und es etwas ist, das zu mir gehört. Mittlerweile ist meine Trunkenheit gänzlich verschwunden und ich erkläre Lea, dass ich nun gehen werde, da es sehr spät ist und ich morgen noch vieles zu erledigen habe. Sie ist damit einverstanden und begleitet mich zu ihrer Haustüre. Auf einmal drückt sie mir einen sanften und gleichzeitig raschen Kuss auf meine linke Wange und schließt dann die Türe. Einige Sekunden stehe ich vor der geschlossenen Türe und bin wie versteinert. Kann das wirklich sein? Hat Lea mir gerade einen Kuss gegeben? Als ich mir sicher bin, dass ich mir das eben nicht eingebildet habe, liegt ein breites Grinsen auf meinen Lippen, welches mich auf meinem Nachhauseweg begleitet. Jetzt fühle ich mich auf einmal wieder trunken... liebestrunken.

15

Mein Handy vibriert. Auf dem Display sehe ich eine SMS von meiner Mom. Oh nein, sie hat bestimmt schon den Brief erhalten. Ich schließe kurz die Augen, atme tief durch und flüchte erst einmal auf die Toilette. Ich spüre wie mein ganzer Körper zittert, meine Hände zittern, meine Beine zittern, ich spüre sogar mein Herz zittern – keine Ahnung, ob das möglich ist, aber es schlägt zumindest unglaublich stark. Langsam gehe ich wieder auf mein Handy zu und atme noch einmal tief durch, bevor ich zu lesen beginne: *We just read your letter and you know I always said whatever your feelings were its scheißegal. I love you!!! Can we call you?* Ein Stein fällt mir vom Herzen. Bisher ist die Reaktion ja wirklich genial! Was hätte ich mir mehr wünschen können? Angst vor dem Telefonat habe ich trotzdem... Was ist, wenn sie mich total ausfragen und... Rachel, nicht nachdenken – das Schlimmste ist ja schon überstanden. Ich antworte meiner Mom, dass sie mich gerne anrufen darf. Einige Sekunden später habe ich meinen Vater am Telefon:

„Hallo", sage ich schüchtern am Telefon.

„Hallo mein Schätzelein. Wir haben deinen Brief gelesen."

„Ja, ich hab's schon gehört.", antworte ich – nicht wissend, was ich weiter sagen sollte. Gut, dass er sehr wohl weiß, wie er das Telefonat weiterführen kann:

„Weißt du, ich habe es schon gemerkt, ich bin ja ein feinfühliger Vater. Ich hatte schon früher den Verdacht, es könnte so sein, einfach so, wie du manchmal reagiert hast, wie du über Freunde und Beziehungen gesprochen hast und so weiter. Ich wollte es bloß nie aussprechen, aber vermutet habe ich es schon sehr lange. Aber es ist doch okay, wenn du damit glücklich bist."

„Gut… das ähm… ja, danke.", stammle ich in den Hörer hinein.

„Ich würde dich gerade gerne drücken", sagt mein Vater und ich muss grinsen. Er hat ein gutes Herz, auch wenn er das selten so sehr zeigt wie heute. Jetzt ist meine Mom dran. Wir begrüßen uns mit einem beiderseits zarten „Hello".

„Rachel, I never knew you liked women. It was a total surprise for me. Anyway… you should never worry about things like that. We talked about it like a hundred times and you know that I don't have any problems with that. I just most of all was totally surprised … I never thought about you being a lesbian… because you seem to be a total lipstick lesbian because you really care how you look and you aren't "butchy". Because that bothers me a bit about gay women – they often don't care how they look. Right?"

Ich antworte ihr in meinem nicht ganz akzentfreien Englisch: „I know… I am really not a typical lesbian by the looks but you should know that there are lots of lesbians that do care about their looks and lots of very feminine lesbians."

"I like that, yes. Do you know that my mother always thought that I was gay because I was much more involved with my girlfriends than with boys…? Truth is, she just never knew about my boyfriends."

Wir beide müssen lachen und ich bin überglücklich, dass meine Eltern scheinbar so gut damit klar kommen, dass ich Frauen liebe. Kurz darauf beenden wir das Gespräch und ich strahle bis über beide Ohren. Eine neue Ära kann beginnen.

16

Ich bin überaus glücklich. Schon heute, 48 Stunden nach dem letzten Treffen mit Lea, darf ich sie wiedersehen. Sie fragte mich, ob ich sie zu einer Buchmesse begleiten möchte und natürlich willigte ich sofort ein. Das ist sicher eine große Ehre, immerhin werde ich dadurch womöglich einige ihrer Kollegen und Kolleginnen kennen lernen. Wie schön das Leben doch ist und wie heilsam es sich anfühlt, wenn das Herz Freudensprünge machen darf. Sie holt mich mit ihrem Auto ab, und es fasziniert mich, wie sicher sie hinter dem Steuer sitzt und das Auto „bedient". Obwohl ich seit zwei Jahren meinen Führerschein habe, bin ich noch heute sehr unsicher und frage tausend Mal nach, wie schnell ich wo fahren darf, wer wann Vorfahrt hat oder ob ich hier oder dort mein Auto abstellen darf – obwohl ich in Wahrheit genau weiß, wie die Regeln gelten… ich brauche einfach immer diese Bestätigung. Lea gefällt mir heute besonders gut. Sie strahlt diese innere Stärke, diese Autorität aus, die mich immer so angezogen hat. Sie trägt diese mit ihrem schwarzen Hosenanzug auch gut nach außen. Let´s face it: Sie ist einfach so vielschichtig. Mal erwachsen ernst, mal kindlich, mal offen, dann wieder schüchtern und verschlossen, mal so, mal so. Hey, irgendwie kommt mir das bekannt vor. Bin ich nicht auch etwas ambivalent? Wenn ich so darüber nachdenke… ist nicht jeder Mensch irgendwie in seiner Persönlichkeit gespalten, variabel und doch eine

Gesamtheit? Hat nicht jeder Mensch ganz unterschiedliche Strömungen in sich, die im Endeffekt doch alle in einem Fluss, im Ego, zusammenkommen?

Nachdem Lea das Auto geparkt hat, und nach ihrer Handtasche auf dem Rücksitz greift, erfasse ich die Gelegenheit und beuge mich seitlich zu ihr hin, um auch ihr einen Kuss auf die Wange zu geben. „So, jetzt sind wir quitt", erkläre ich mein Handeln. Zunächst ist sie irritiert, muss dann aber kichern und spricht: „Das Spiel ist noch nicht beendet." Wir beide müssen lachen und diese Aussage lässt in mir Hoffnung aufkommen, was denn als Nächstes folgen wird. Auf der Buchmesse bin ich etwas auf mich alleine gestellt, immerhin muss sie sich um die Besucher kümmern und führt einige Gespräche mit anderen Lektoren und Veranstaltungsleuten. Einerseits bin ich etwas enttäuscht und wünsche mir mehr Beachtung, andererseits ist mir klar, wieso das momentan nicht geht. Also widme ich mich den interessanten Büchern noch unbekannter Autoren. Tatsächlich vertiefe ich mich irgendwann in einen lesbischen Erotikroman mit dem Titel „Die dunkle Frucht des Südens" und bemerke erst spät, dass Lea sich inzwischen neben mich gesetzt hat und genau mitverfolgen kann, was ich lese. Ups, das ist peinlich. Ich schaue mit dem Kopf leicht nach rechts geneigt direkt in ihre klaren Augen und senke dann meinen Kopf schnell wieder. „Soso", sagt sie, „du liest also einen lesbischen Erotikroman?" „Ja, ich gestehe. Du hast mich dabei erwischt."
„Ist so etwas denn lesenswert?", hakt sie mit ihrer warmen und mich immer wieder durchdringenden Stimme nach.
„Wenn man an Frauen Gefallen finden kann, dann schon."

Sie nimmt meine Aussage kommentarlos hin und genau diese Reaktion lässt mich nicht zur Ruhe kommen. Damit ist das Thema vorerst wieder abgeschlossen und schon machen wir uns auf den Weg zurück nach Hause. Auch wenn das ein eher kurzes und nicht allzu intensives Date war, so hat mich jede Minute mit Glück erfüllt, die ich mit Lea verbringen durfte.

17

Es ist mal wieder an der Zeit, meine Lieben zu sehen. Die letzten Tage gingen irgendwie so schnell an mir vorbei, ohne jeglichen Kontakt mit Marie oder Sophie. Das muss sich ändern. Direkt schreibe ich beiden eine SMS. Zu meinem Glück, haben beide Zeit für mich. Da es noch immer ziemlich kalt draußen ist, beschließen wir, uns bei mir zu Hause zu treffen. Nach einer riesig langen Begrüßungsprozedur mit vielen Umarmungen, folgt das Kekse-Backen nach Sophies lang bewährtem Rezept. Wie immer gehört zu meinen Hauptaufgaben vor allem das Abschmecken des Teiges. Während die Cookies im Ofen schön knusprig werden, unterhalten wir drei uns über unser Lieblingsthema: Alles rund um die Liebe und den Sex.

Marie blickt schüchtern in die Runde und sagt dann doch sehr ehrlich und ungewohnt offen: „Wisst ihr was Mädels, ich liebe den Sex mit Daniel." Sophie und ich schauen uns an, grinsen und widmen uns dann Marie zu.

Sophie beginnt (wie immer in ihrem Element) nachzuhaken: „Ja und was genau magst du so daran? Kommst du mit ihm zum Orgasmus?"

„Und wie ich komme! Mittlerweile wissen wir beide ganz genau, in welcher Stellung ich am besten einen Orgasmus erlebe, und durch welche Stimulierung es am Schnellsten klappt."

Ein wenig neidisch bin ich ja doch auf Marie. Sie darf immer wieder einen vaginalen oder klitoralen Orgasmus erleben und ich... bei mir kann egal welcher Mann stundenlang meine Lustperle massieren, ohne dass ich dabei zum Höhepunkt gelange. Nicht einmal Neele hat es bisher geschafft, mich zum Lustgipfel zu bringen – und sie macht das wirklich gut.

„Und du hast während dem Sex nie das Bedürfnis, damit aufzuhören, die Hoffnung, dass es bald vorbei ist?", frage ich.

„Nein. Ich genieße jede Sekunde mit ihm." Verrückt, denke ich. So kann man den Sex also auch empfinden. Als etwas Schönes. Ich schüttle vor Verwunderung meinen Kopf und Sophie erkennt sofort, was ich wohl denken muss: „Weißt du, das ist ja kein Wunder, dass dir der Sex keine Freude bereitet. Immerhin treibst du es mit ekligen, alten Männern, zu denen du keine tiefen Empfindungen hegst. Und wenn man so darüber nachdenkt, ist Sex ja eigentlich eher etwas "Unschönes" und "Unsauberes"... bloß wird es eben zu etwas Besonderen, wenn man es mit jemandem erleben darf, den man liebt."

Da wären wir wieder beim alten Diskussionsthema: Gehören Sex und Liebe wirklich dringend zusammen oder geht das Eine auch ohne das andere? Der Abend endet damit, dass Sophie und Marie wieder erkennen, wie froh sie sind, ihre festen Partner zu haben und ich mir eingestehen muss, dass das Single-Leben nicht immer so wunderschön ist, wie ich oft versuche, mir einzubilden. Bevor ich wieder alleine in der Wohnung zurückgelassen werde, berichte ich noch über die Neuigkeiten zu Lea und den Küsschen, die sich bisher ereignet haben. Manchmal habe ich das Gefühl, dass Sophie und Marie mir nicht so wirklich zuhören… oder sie können sich einfach nicht ganz in meine Situation hineinversetzen… aber irgendwie sind sie nie so begeistert von meinen Geschichten wie ich es von ihren Geschichten bin. Vielleicht erwarte ich aber auch einfach zu viel. Es ist schon schön genug, dass sie meine sexuelle Neigung und merkwürdigen Fantasien dulden und akzeptieren. Apropos merkwürdige Fantasien: Ich liebe es, mir vorzustellen, wie alle Frauen, die ich begehre, so Frauen wie Lea (!), Frau Walter, Neele, tausend andere Professorinnen, Bekannte meiner Eltern, Frau Schatz und viele andere mit mir gleichzeitig in einem Riesenbett vereint sind und nur mir ihre Aufmerksamkeit und viele Streicheleinheiten und Küsse schenken. Das wäre wirklich mal etwas… aber ziemlich unrealistisch… auch nur eine davon je in meinem Bett zu sehen, wäre ein unerfüllbarer Traum. Oder doch nicht? Der Kuss auf die Wange war immerhin der erste Schritt auf dem Weg zu meinem Bett.

18

Nur einen Tag später geht der Dirty Talk direkt weiter,diesmal mit Frau Schatz. Nachdem wir – wie auch immer – wieder auf das Thema Sex kommen, fragt sie mich: „Wenn Sie ältere Leute sehen und sich vorstellen, dass sie miteinander Sex haben, finden Sie das okay?"

„ja, das finde ich okay, sogar gut. Ich finde es eher ekelhaft, wenn ich ein junges Pärchen dabei sehe. Immer wenn ich an einen jungen Mann denke, stelle ich mir einfach ... na ja eklige Sachen vor."

Frau Schatz nickt verständnisvoll und möchte dann wissen, was ich denn eklig finde, also fahre ich fort:

„Na ja ich rieche dann Männerschweiß, sehe ganz viele eitrige Pickel, und ich sehe, dass sie mit ganz vielen anderen Mädels was haben, und dieser Bartflaum bei Teenagern ist ... bäh. Eklig." Mir läuft es kalt den Rücken runter, und ich muss mich kurz schütteln, um meiner Abscheu Nachdruck zu verleihen.

„Und dass Jungs sich einen runterholen und danach ihre Hände nicht waschen", fahre ich fort.

„Ja, das ist eklig. Ob sich Männer nach der Toilette auch immer die Hände waschen?"

„Ich glaube nicht. Und dann schütteln sie ihren Penis und dann spritzt der Urin sogar noch aufs T-Shirt oder ins Gesicht." Wir fangen an zu lachen. Dabei fällt mir auf, was für ein schreckliches Bild ich von pubertierenden Kerlen in meinem Kopf habe, und dass das so nicht richtig sein kann. Außerdem kenne ich ja selbst „Typen", die bestimmt nicht so sind, wie ich den üblichen Teenager beschreibe.

„Es gibt einerseits sicherlich triftige Gründe, so einen Ekel zu empfinden. Aber die andere Seite ist, dass diese kleinen Puzzlesteine vielleicht ein Bild ergeben, wo begreifbar wird, woher dieser Ekel kommt. Denn Ekel ist ja ein körperlicher Schutz. Ekel ist eigentlich nichts Schlimmes. Klar man hat keine Lust darauf, aber... manchmal suchen Menschen den Ekel tatsächlich. Wenn er nämlich vorbei ist, dann entsteht oft sogar auch ein Lachen. Wir lachen ja auch, während wir über deinen empfundenen Ekel sprechen, nicht?" Stimmt, wir lachen viel.

Nach dem Gespräch schlendere ich zu meiner Arbeit. Das Sonnenstudio ruft, und das heißt: Arbeit, Arbeit, Arbeit. Zu meiner Überraschung steht im Solarium plötzlich Frau Walter vor mir. Schon einige Wochen lang habe ich sie nicht mehr gesehen, unser ehemaliger Professor unterrichtet uns wieder und sie hat nun andere Vorlesungen übernommen. Ich bin mir ziemlich sicher, wenn man mal großes Interesse für eine Person gehegt hat, dann verschwindet dieses nicht so schnell wieder. Auch, wenn man nicht mehr allzu oft über die betreffende Person nachdenkt, kehrt doch beim unerwarteten Wiedersehen ein großer Teil der Gefühle zurück und das Herz macht einen Sprung. Das zumindest erlebe ich, als Frau Walter so vor mir steht mit ihrem hübschen Lächeln, und wir uns über Alltäglichkeiten austauschen. Sie ist noch immer glücklich mit ihrem Freund und ja, ich gönne es ihr. Ich führe sie noch in die Kabine und entferne mich. Jetzt könnte ich, wenn es darum ginge, nicht wirklich bestreiten, dass ich dort gerne eine Kamera installiert hätte, durch die ich sie womöglich ohne Kleidung sehen könnte. Wow, was für ein Perversling ich bin...und gerade beschwere ich mich noch über „eklige" Teenies. Trotzdem: Meine Neugier darauf wäre vor dem Kennenlernen Leas bestimmt um Einiges intensiver gewesen. Also gebe ich mich auch ohne diese Einblicke zufrieden und widme mich dem nächsten Kunden.

Heute Nacht ist es mir gekommen. Also, nicht ich bin gekommen (wobei, doch, das auch), sondern ES ist mir gekommen. Die Antwort darauf, weshalb ich so gern zum Arzt gehe. Ich gehe nämlich nicht nur gerne zum Frauenarzt, sondern auch generell – egal ob HNO- oder Augenarzt, Orthopäde oder, oder, oder – ich halte jeden Termin ein und kein halbjährlicher oder jährlicher Check-up wird verpasst. (Einzige Ausnahme bildet hier der Zahnarzt. Bäh, das ist schrecklich.) Meine Erkenntnis ist: Es geht einzig und allein um MICH, wenn ich den Arzt besuche. Darum, wie ICH mich fühle, was ICH für Beschwerden habe, wie MIR geholfen werden kann und, das muss man einsehen, es gibt sonst selten Situationen, in denen man selbst komplett im Mittelpunkt steht, ohne, dass man sich auf einer großen Bühne befindet und sich gesanglich, körperlich, tänzerisch oder wie auch immer anstrengen und beweisen muss. Beim Arzt habe ich das Gefühl, dass mir gegenüber Interesse signalisiert wird – auch, wenn das nur sein Job ist. Denn im wahren Leben gibt es nur wenig Menschen, die sich wirklich für einen als Person interessieren. Aber vielleicht geht es ja auch nur mir so mit meiner Einschätzung. Zumindest fühle ich mich auch mit meinen Freunden oder in der Familie so, als würde ich den anderen immer viel mehr Interesse gegenüber zeigen als sie mir. Okay, genug damit, ich muss los. Es gibt mal wieder Neuigkeiten bei Marie. Sie schrieb mir eben eine SMS: *in 30 Minuten bei mir. Stellt keine Fragen, kommt einfach. Es gibt Neuigkeiten!!!!!*

Sophie und ich klingeln an Maries Haustür und innerhalb einer Sekunde wird die Tür auch schon geöffnet.

„Ich bin schwanger!", jubelt Marie mit einem Lächeln auf den Lippen, dass ich schon lange nicht mehr so stark an ihr gesehen habe.

Wir sind wortlos, aber nicht sprach- und schon gar nicht stimmlos. Sophie und ich kreischen laut wie 13-Jährige, fallen Marie freudig um die Arme, und Sophie verliert sogar ein paar Tränen. Natürlich weint Marie jetzt auch. Hach, die beiden sind wirklich süß. Meine erste Frage nach der kurzzeitigen Beruhigung ist: „Wie lange schon? Seit wann weißt du es?"

Marie antwortet: „Na als ob ihr nicht die Ersten wärt, die es erfahren dürfen. Ich habe vor einer Stunde den Test gemacht, und ich vermute ich bin schon etwa 4 Wochen schwanger."

„Oh wie toll", stellt Sophie fest. „Weiß Daniel es schon?"

„Ja, und auch er freut sich sehr. Wir haben ja auch schon ein bisschen darüber geredet. Ich denke es ist der richtige Zeitpunkt für uns, auch wenn wir noch recht jung sind."

Ja, es wird richtig sein. Marie und Daniel sind einfach füreinander geschaffen. Und Marie war schon immer irgendwie der mütterliche Typ.

Wir sprechen noch bis spät in die Nacht über die neue Nachricht. Am Ende des Abends stellt Sophie freudig fest: „Marie, wir hatten Recht: Du wirst die Erste von uns sein mit einem Kind. Und wer weiß, vielleicht folgen auch noch drei bis vier weitere Kinder."

Ich bin so dumm! Wieso muss ich immer wieder die Herzensbrecherin spielen? Wieso kann ich mir und der anderen Person nicht einfach eingestehen, dass ich nicht genug Interesse an ihr habe oder eben durch meine Angst sofort Abstand suche? Nein, immer wieder kehre ich zurück zu dem oder der Gebrochenen, fühle mich schlecht, möchte wieder Kontakt, kann es nicht ertragen, wenn ich die „Böse" bin und man gar nichts mehr mit mir zu tun haben möchte. Ja, ich spreche unter anderem von Boris. Er hat sich in letzter Zeit einfach kaum gemeldet. Immer wenn ich auf ihn traf, spürte ich, wie er mehr und mehr Abstand von mir nimmt. Wieso auch immer, aber damit bin ich (auch) nicht glücklich. Es irritiert mich. Wer einmal in mich verliebt war, soll es auch bleiben – wenn auch chancenlos (oh je, was für ein egoistischer Gedanke). Gestern Mittag habe ich Boris getroffen. Ich hatte das Treffen vorgeschlagen (vielleicht, weil Lea sich schon fünf Tage nicht mehr gemeldet hat und ich wegen ihr gerade eher hoffnungslos eingestellt bin) Er hat eingewilligt, wir waren in meiner Wohnung und … es kam zu einem Kuss. Zu einem Kuss, der nicht hätte sein müssen. Es war einfach ein Kuss – nicht besonders aufregend oder schön, einfach nur das Aufeinanderpressen der Lippen mit etwas Spucke und Zunge. Und gleich danach bereute ich es. Ihm gegenüber, weil er mir jetzt wieder total verfallen ist und dann auch mir gegenüber, weil ich jetzt auch Lea gegenüber ein schlechtes Gewissen habe... auch wenn da im Grunde ja nichts ist. Vielleicht würde sie sich für mich sogar freuen?! Eine gute Sache hat dieser Kuss aber schon: Ich weiß jetzt, dass so etwas nicht mehr passieren wird! Das war das letzte Mal, dass ich jemanden küsse, den ich eigentlich gar nicht küssen möchte. Das entscheide ich jetzt und dann ist das so entschieden – klingt doch logisch, oder?

Während ich an gestern denke, holt mich die Gegenwart ein: „Ready for boarding Flight 203 to San Francisco." Mein Vater, der neben mir auf den schwarzen Sitzreihen aus Leder am Gate des Flughafens sitzt, ist eingeschlafen. Ein Glück, dass er mich hat und ich dabei bin – sonst hätte er womöglich noch den Flug verpasst. Ich spreche seinen Namen und wiederhole ihn noch zwei Mal etwas lauter, bis er plötzlich aufschrickt und versteht, in welcher Situation wir uns gerade befinden. Denn diese ist Folgende: Mein Vater und ich sind auf dem Weg zu meinen Großeltern nach San Francisco und haben etwa zehn Stunden Flugzeit vor uns. Spaßige Angelegenheit. Schreiende Kinder, Ohrenschmerzen, schlechte Luft, trockene Haut, plattgedrücktes und elektrisches Haar und, und viele weitere Freuden. Vor diesem Tag habe ich seit Wochen etwas (okay, eigentlich wirklich ziemlich extreme) Panik, weil erstens, Lya nicht dabei sein kann. Sie ist mit ihrem Freund in Norwegen (ich war noch nie ohne Lya auf Familyreise in San Francisco), zweitens, weil ich alleine mit meinem Vater den „Weg" zum Flugzeug und unseren Sitzplätzen finden muss (juhuu, die Hälfte ist jetzt schon gemeistert. (Unerwarteter Weise ist das ganz gut gelaufen). Am Meisten belastet mich die dritte Sache – die „Tat-Sache", dass es meinen Großeltern aktuell überhaupt nicht gut geht, und meiner Mom somit noch weniger. Sie sorgt sich und kümmert sich

rund um die Uhr um sie. Schon via Telefon und Internet
konnte ich die letzten Wochen mitverfolgen, wie sehr es sie
belastet, dass ihre Eltern immer gebrechlicher werden, und
dass es alle paar Tage zu einem erneuten Zwischenfall (meist
ein Sturz oder eine Panikattacke) kommt und mein Opa
schließlich ins Krankenhaus musste. Das ist einfach alles
traurig und beängstigend. Ist doch verständlich, dass ich auf
so einen „Urlaub" nicht wirklich Lust habe, obwohl ich
mich natürlich verpflichtet fühle, meine Großeltern zu
besuchen, um ihnen beizustehen. Im Flugzeug
angekommen, frage ich mich zuallererst, ob ich Glück habe
und neben mir wohl eine charmante Mitt-40er Dame zur
Rechten Platz nehmen wird, oder ob ich damit leben muss,
links meinen Vater und rechts einen ebenso flirtmäßig
uninteressanten Menschen sitzen zu haben. Deswegen
betrachte ich genauestens meine Flugbegleiter und vor allem
die Begleiterinnen, um zu sehen, ob sie für mich und einem
Toilettenquickie in Frage kommen könnten. Jeder
potenzielle Nebensitzer, der mich interessieren könnte, wird
von mir angelächelt. Schließlich – oh ja – kommt eine
hübsche Rothaarige auf mich zu. Schnell zupfe ich mein
Haar zurecht. Mist, weitergelaufen – sie also auch nicht.
Wenige Augenblicke später setzt sich ein großer, hagerer,
mit wenigen dunklen Haaren besetzter Mann neben mich.
Immerhin setzt er sich nicht AUF mich, das hätte nämlich
passieren können, weil er mich scheinbar nicht einmal
wahrgenommen hat). Na toll. So wird der Hinflug sicher
super spannend. Nach den Sicherheitsanweisungen suche
ich mit meinen Augen wie angeordnet noch die nächste
Fluchttür und vergewissere mich, ob ich alles für den „case

of Emergency" verstanden habe und anwenden kann. Yes! Sehr gut! Nach einem stundenlangen und absolut unspektakulären Flug steht das Wiedersehen mit meinen Großeltern bevor. In wenigen Minuten ist das große alljährliche Wiedersehen mit meinen Großeltern. Schwer bepackt steigen mein Vater und ich aus dem Auto die Treppen herauf zum großen, alten Haus unserer Familie. Meine Mutter begrüßt mich mit geschätzten fünf Kilogramm weniger und um fünf Jahre gealtert mit einer großen, schweren Umarmung. Ich erahne schon, dass sie die letzten Nächte wohl kaum geschlafen hat. Dann sehe ich meinen Opa, der kaum Ähnlichkeit mit meiner kindlichen Erinnerung von ihm hat: aschfahl, mager und ernst sieht er aus. Jedoch heben sich seine Mundwinkel zu einem warmen Lächeln, als wir uns lange umarmen. Meine Oma ist als Nächste dran. Ein bisschen freue ich mich nun doch, da zu sein. Nach dem Abendessen flüchte ich in mein Zimmer (ich vermisse Lya – sonst ist sie immer hier mit mir). Ich rede kurz mit meiner Mom:

„Rachel, I am so happy that you are here now, I think you will really be a big help for me."

Ich und große Hilfe? Wohl eher ein Ballast hier in Amerika. Wie kann ich schon groß helfen? Schüchtern nicke ich und gebe ein leises „yes, maybe" von mir.

Kurz darauf weint meine Mutter während sie mir erzählt, wie schwer die Situation für sie ist, ihre Eltern so fragil erleben zu müssen und wie wenig sie seit Tagen geschlafen hat: „I stay awake with Grandpa every night, when he can't sleep and the only time I am in bed is like from 7 to 9 when he finally falls asleep."

Was soll ich jetzt nur machen? Es ist wirklich merkwürdig, wenn ein Elternteil weint. Das ist so ungewohnt und eigentlich sind die Eltern doch immer die Starken, die das „Kind" trösten und aufmuntern. Ziemlich schnell fängt meine Mutter sich wieder (vermutlich hat sie gemerkt, wie unwohl mir ist, wenn sie weint). Die restlichen zwei Wochen verlaufen ähnlich. Jeden Tag gibt es mindestens zwei Weinszenarien (entweder ist es Mom oder Grandma). Ich versuche, so gut wie möglich zu helfen und mit anzupacken wo es geht. Die Sonne habe ich nur wenig auf meiner Haut gespürt und jetzt bin ich unendlich glücklich, wieder im Flugzeug nach Hause zu sitzen. Mit meiner Mutter und mit meinem Vater.

21

Es ist nicht immer alles so rosarot wie es scheint. Sophie und ihr Freund sind gar nicht so glücklich, wie es mir immer vorgekommen ist. Ich habe es anfangs nicht ganz wahrgenommen, wie oft Sophie erzählte, dass Marc so extrem kontrollierend und eifersüchtig sei. Doch die Situationen, in denen er wegen einer Kleinigkeit total übertreibt und die beiden sich streiten, häufen sich immer mehr. Vielleicht sollte ich als beste Freundin ein Wegweiser sein und ihr klar machen, wie unglücklich sie zu sein scheint, und dass womöglich eine Trennung vieles besser machen würde (nach fast vier Jahren Beziehung ändern sich Charaktereigenschaften wie Eifersucht und Kontrollsucht einfach nicht mehr – da kann Marc so oft er will sagen, dass er sich ändern möchte). Wenn ich aber mit Sophie über

Marc spreche, gibt sie jedes Mal deutlich an, wie sehr sie ihn dennoch liebt und dass sie vielleicht auch Angst hat, wieder allein zu sein. Kann ich ja auch verstehen, wenn sie so eine lange Zeit jemanden hatte und ihre Zeit in vertrauter Zweisamkeit verbringen konnte. Aber irgendwann muss man sehen, wie man langfristig glücklich wird. Und ich denke, das wird sie nur ohne ihn werden. Ah, oh, ich muss los! Date Nummer 15 mit Lea! Und dazu noch ein ziemlich romantisches Date. Vor allem nach einer zwei-wöchigen Lea-Pause in den USA. Wir picknicken am See. Nach diesem Wiedersehen habe ich mich schon lange gesehnt. Mein Hormonwirbel fällt noch heftiger als erwartet aus, als ich sie sehe. Sie hat ihre Haare verändert. „Du hast eine neue Frisur!", sage ich, als ich in ihr Auto steige. „Ja, ich wollte mal etwas Neues ausprobieren. Schön, dich wiederzusehen!" Ich betrachte ihren neuen Haarschnitt, der im Grunde einfach derselbe Haarschnitt ist, nur nachgeschnitten und ihre neue, heller gefärbte blonde Farbpracht. „Schön siehst du aus, Lea." Wir lächeln uns an, und ich fühle mich sofort wohl mit ihr, so als hätten wir uns erst gestern gesehen. Ich erzähle ihr von San Francisco und der Situation in meiner Familie. „Oh nein, das war bestimmt nicht sehr angenehm, aber ich bin mir sicher, deine Großeltern haben sich sehr gefreut, dich zu sehen und bei sich zu haben. Außerdem sollte man die Zeit wirklich nutzen, bevor sie eines Tages nicht mehr da sind." Hach, Lea. Sie ist so ein einfühlsamer und verständnisvoller Mensch. Um das Autogespräch nicht zu ernst werden zu lassen, frage ich sie nach ihren letzten zwei Wochen: „Und, wie hast du deine Zeit so verbracht? Ohne

deine Stadtführerin?"
„Ach, es war wirklich schrecklich ohne dich, ich habe mich andauernd verlaufen und verirrt." Sie zwinkert mir von der Seite zu und spricht dann weiter: „Ja und ansonsten musste ich sehr viel arbeiten und habe ein paar Überstunden gemacht, und dann habe ich noch diesen tollen Ort gefunden, an den wir heute gehen." Mein Strahlen auf dem Gesicht, als sie das sagt, muss so stark sein, dass sie es telepathisch spüren kann, ohne von der Straße aufzublicken und auf mich zu sehen. Jetzt zuckt ihre rechte Hand leicht. Ob sie ihre Hand auf mein linkes Bein legen will? Wohl eher nicht, sie schaltet das Radio an und ein Upbeat-Song ertönt in meinen Ohren und schenkt mir nach wenigen Sekunden schon einen fabelhaften Ohrwurm. Lea fährt nun langsamer. Wir biegen in eine kleine Straße mit vielen Bäumen und grünen Vorgärten ein. „So, jetzt suchen wir uns einen Parkplatz, und dann laufen wir diesen Berg da etwas hoch." Ich folge ihrem Zeigefinger, der auf einen kleinen Berg weist. Von der Abendsonne beleuchtet strahlt der Berg eine besonders romantische Atmosphäre aus. Auf dem Weg nach oben zu ihrem „tollen Ort", summe ich meinen Ohrwurm leise im Takt unserer Schritte („I want you to want me, I need you to need me…"). Die Luft ist rein und klar. Es ist angenehm, dass weit und breit kein Mensch zu sehen ist, der uns stören könnte. Nach etwa 30 Minuten sind wir mit unseren Körben mit frischen Erdbeeren, Blaubeeren und Himbeeren, Baguettebrot und Eistee oben angekommen. Wir breiten meine grün karierte Picknickdecke auf dem weichen Grasboden aus. Zu meiner Rechten sehe ich einen schattigen, dunklen Wald, zu meiner

Linken kann ich die ganze Stadt von oben erblicken. Jetzt, wo es schon langsam dunkel wird, sehen die Lichter der Stadt besonders malerisch aus. Schnell verstehe ich, weshalb Lea diesen Ort als so wunderschön empfindet – er IST einfach wunderschön! Obwohl wir minutenlang schweigen, ist mir nicht unwohl, viel eher kann ich so die ganze Umgebung und ihre Nähe besser wahrnehmen. Während wir ein wenig an unseren Früchten knabbern und die Ruhe genießen, frage ich Lea: „Glaubst du eigentlich an so etwas wie das Schicksal? Oder an Gott oder so oder an irgendetwas?" Ich werde schüchtern und frage nochmal anders: „Woran glaubst du?"

Sie fährt sich in gewohntem Takt durch ihr hellblondes Haar und blickt wenige Sekunden in die Ferne, um (das vermute ich) über meine Frage nachzudenken. Dann sagt sie mit sanfter Stimme: „Ich glaube, dass es für alles einen Grund gibt. Wer oder was das lenkt oder etwas damit zu tun hat, das weiß ich nicht, aber meiner Meinung nach geschieht nichts einfach so."

„Heißt das, es hat einen Grund, dass wir uns kennen gelernt haben?", frage ich frech nach. Etwas ernster stellt Lea fest: „Ja, es wird wohl einen Grund geben. Wie denkst du darüber?" Auch ich wende meinen Blick kurz in die Ferne um dann zu erkennen, dass ich dieselbe Einstellung habe wie sie: „Ich denke genauso. Alles, was passiert, passiert, weil es passieren soll und man dadurch gewisse Menschen kennen lernt oder Situationen erfährt. Besonders negative Erfahrungen haben ja zum Beispiel auch den Effekt, dass man sich neu orientiert und aus Fehlern lernt und dann eben alles besser machen kann in der Zukunft."

Plötzlich und unerwartet greift Lea nach meiner Hand und befiehlt mir, die Augen zu schließen. „Ich möchte dir was Besonderes zeigen", erklärt sie mir. Ich tue was sie sagt und lasse mich führen. Ihre Hand zu halten ist ein purer Genuss. Mir wird sofort sehr warm. Wir laufen einige Minuten, die mir vorkommen wie eine Ewigkeit, denn „blind" und „verliebt" zu laufen ist gar nicht so einfach, aber ich versuche, Lea voll und ganz zu vertrauen und mich auf die Führung einzulassen. Dann sagt sie: „Wir sind da, Rachel. Du kannst die Augen öffnen". Ein bisschen ängstlich und ein bisschen nervös öffne ich langsam die Augen. „Wow". Das ist wirklich schön. Lea hat mich an einen Ort gebracht, an dem ich die ganzen wunderbaren Lichter der Häuser in der Ferne sehe, während ich zugleich die Schönheit des Himmels und der Wälder betrachten kann, die um die Häuser herum wachsen. Wir bleiben eine Weile dort stehen und schauen einfach nur in die Ferne.

SPÄTSOMMER

1

Heute Nacht passiert etwas, das spüre ich. Den ganzen Tag schon sitze ich wie auf Hummeln. Ich weiß, es wird etwas passieren – was es sein wird, kann ich nicht deuten, aber ich fühle mich gut. Abgesehen davon stimmen die äußeren Umstände: die Oper heute Abend, die Wirkung der Nacht, die Musik, das tolle Wetter, die Party danach und der Alkohol, aber vor allem die Person – Lea! Um 18 Uhr holt sie mich ab, hat sie gesagt. Und dann geht's erst einmal in die Oper. „Die Hochzeit des Figaro" ist ihre Lieblingsoper und – aufmerksam wie ich bin – besorgte ich uns beiden für heute zwei Karten. Jeden Augenblick genieße ich mit Lea an meiner Seite. Ich habe das Gefühl, dass sie sehr geschmeichelt davon ist, sie in ihre Lieblingsoper eingeladen zu haben. Das Werk ist beim Publikum ein voller Erfolg, auch Lea und ich sind danach zufrieden und musikerfüllt. Schließlich machen wir uns auf den Weg zur Party eines Freundes von ihr. Sie stellt mich überall als „meine neue kleine Freundin" vor, was mich immer wieder zum Strahlen bringt. Nach dem Tanzen, Tratschen und Trinken werde ich sehr müde. Ich bitte Lea darum, bald nach Hause zu gehen. Sie willigt ein und schlägt mir vor, auf Grund der Distanz und der Uhrzeit, lieber bei ihr zu Hause zu übernachten. Mit Vorfreude laufen wir im Dunkel der Nacht und dem Schutz der hell leuchtenden Sterne mit unseren High Heels zu ihrer Wohnung.

In ihrem kleinen Paradies trinken wir einen Tee zusammen und führt mich dann in ihr Zimmer. Sie fragt mich, ob es in Ordnung sei, dass wir das Bett teilen, da im Gästezimmer momentan Chaos herrsche. In Ordnung? Was denkt sie denn? Das wäre ein Traum! Der Wunsch und das Verlangen, sie zu küssen, zu riechen, zu schmecken und zu fühlen, sind in mir, seitdem ich Lea zum ersten Mal sah. Damals im Bus, *entgegen der Fahrtrichtung*. Darum nehme ich in dieser Sekunde meinen ganzen Mut zusammen, leidenschaftlich und gleichzeitig zärtlich Leas Kopf zu fassen und meine Lippen auf ihre zu bewegen, um den Kuss meines Lebens zu erfahren. Nein, sie schreckt nicht zurück, nein, sie schubst mich nicht zur Seite, vielmehr gibt sie sich hin, ich schmecke ihre süßen Himbeerlippen und fühle die weiche Haut, die meinen Mund berührt. Mein Herz pocht in voller Stärke. Eine Welle der Lust überkommt mich. Im Moment des Kusses vergesse ich Raum und Zeit. Als wir unsere Köpfe wieder zurücknehmen, und uns tief in die Augen sehen, weine ich.

Lea nimmt mich in den Arm. Auch sie hat Tränen in den Augen. Ohne Worte wissen wir beide, woher die Tränen kommen: Die Regung des Herzens, wenn es berührt wurde, wie es nie zuvor berührt worden ist und der kleine Schrecken davor, den man so intensiv wahrnehmen kann. Eine Weile verweilen wir Arm in Arm, dann legen wir uns in ihr Bett. Sie streichelt über meinen Kopf, irgendwann küsst sie mich auf die Stirn. Wieder blicken wir uns in die Augen und diesmal ist da noch mehr als nur eine Rührung. Etwas Feuriges blitzt in ihren Augen auf, das in mir eine sanfte Erregung auslöst. Ich fahre mit meiner leicht zittrigen linken

Hand durch ihre Haare, behutsam über ihr Gesicht, ihren Mund, ihren Hals, berühre sanft und unschuldig die Wölbung ihrer Brüste. An ihrem lächelnden Mund sehe ich, dass es ihr gefällt. Ich mache weiter. Ich beuge mich über sie, wir küssen uns und dabei treffen sich unsere Zungen zaghaft. Aus anfänglicher Scheu entsteht ein frisch vertrautes Spiel unserer Zungen. Gleichzeitig fühle ich sie unter mir und spüre, wie ihre Hand beginnt, sich langsam unter meine Bluse zu bewegen. Sie öffnet meinen BH. Ich küsse ihren Hals und knabbere vorsichtig an ihren kleinen Ohren mit den funkelnden Ohrringen. Knopf für Knopf öffnen wir fast simultan unsere Blusen, ihre perlfarbene, makellose Haut zeigt sich mir. Immer wieder schaue ich ihr in die Augen, um zu sehen, ob es in Ordnung für sie ist. Ihr fast flüsterndes Stöhnen, wenn ich ihren Hals küsse, zeigt mir: Sie genießt es. Als wir nur noch unsere Unterwäsche tragen, kann ich mir kaum vorstellen, dass meine Lustquelle noch feuchter werden kann, als sie bereits ist. Doch einige Zeit später, als wir unsere nackten Körper an- und aufeinander spüren, sie meine Brust streichelt und küsst, weiß ich, da unten kann sich noch viel mehr abspielen. Ich lege meine Hand nur sanft auf ihre Blume, schätze ab, wie weit ich gehen kann. Sie ergreift meine Hand und führt sie weiter nach unten, näher zu ihrer Lustperle. Grinsend schaue ich sie an: „Dafür, dass du so etwas noch nie gemacht hast, bist du aber ganz schön mutig." Sie grinst zurück, und ich verwöhne sie weiter. Erst noch zaghaft, und dann, je sicherer ich werde, leidenschaftlicher. Selten habe ich beim Sex so wenig nachgedacht und so viel gespürt und mich fallen gelassen, wie mir gerade auffällt. Bevor ich weiter darüber nachdenke, wage ich mich, Leas Schoß zu küssen. Wir küssen uns noch einmal auf den Mund und ich mache mich –Kuss für Kuss – auf den Weg nach unten. Jetzt ist es soweit. Es ist besonders aufregend, denn das habe ich noch nie gemacht. Noch einmal atme ich tief durch und suche Leas Blickkontakt, dann beginnt das Spielen mit der Zunge in ihrer Lustquelle. Je mehr ich mich darin vorwage, desto lauter wird ihr anfänglich eher leises Stöhnen und immer wieder bemerke ich neben meinem Kopf, wie ihre Beinmuskeln sich an- und wieder entspannen. Immer wieder küsse und lecke ich sie und dann: „mmmmmmmmh" – ich glaube sie ist gekommen. Ja, tatsächlich, das muss es gewesen sein. Sie atmet heftig, ihre Lippen formen ein deutliches Lächeln. Lea hatte einen Orgasmus. Von mir. Ich bin fassungslos und unglaublich glücklich über diese Erkenntnis. Ich lege mich auf den Rücken neben sie. Ein paar Sekunden vergehen, nichts passiert, nur ihr heftiges Atmen ist zu hören. Dann dreht sie ihren Kopf zu mir und flüstert: „Es war wunderschön, Rachel. Ich glaube nicht, dass ich so etwas je zuvor erlebt habe." Ein wenig stolz auf mich bin ich ja schon. Hey, ich habe eine Frau das erste Mal zum Orgasmus gebracht. Das ist eine große Kunst, denke ich und mir fällt auf, dass die Männerwelt da wirklich ein hartes Stück Brot zu kauen hat, wenn sie die Frauen beglücken wollen. Das dauert. Und ist anstrengend! Bevor ich darüber noch weiter nachdenken kann, ertastet Lea mich erneut und ich gebe mich der Lust hin. Wunderschön, wie sie mich küsst und berührt. Obwohl ich nicht komme, ist es einfach nur wunderschön. Ich bekomme das, was ich schon immer gesucht habe:

Geborgenheit, Nähe und Lust. Irgendwie auch Liebe. Das ist zwar ein großes Wort, aber es fühlt sich ein bisschen so an, denke ich. Arm in Arm schließen wir die Augen und schlafen irgendwann ein.

2

Am nächsten Morgen, noch bevor ich meine Augen öffne, fällt mir wieder ein, was sich die Nacht vorher zugetragen hat. Warte mal, ist das überhaupt wirklich passiert? Was ist, wenn ich alles nur geträumt habe? Ganz vorsichtig öffne ich langsam meine müden Augen. Die strahlende Sonne, die durch die Balkontür scheint, begrüßt mich. Ich stelle glücklich fest, dass ich tatsächlich bei Lea zu Hause sein muss – ich erkenne ihre schönen Zimmerwände mit den Postkarten. Dann, auf eine Enttäuschung gefasst, schaue ich zu meiner Linken und … wahrhaftig, da ist sie. Meine schlafende Lea. Ihr blondes Haar ist etwas zerzaust und nur ihre lieblichen Lippen ragen unter dem leichten Chaos ihrer Haare hervor. Sie ist fast komplett in die hellblaue Bettdecke eingewickelt, die wir uns die Nacht lang teilten, und nur ihr rechtes Bein schaut angewinkelt etwas heraus. Eine kleine Ewigkeit lausche ich ihrem gleichmäßigen, ruhigen Atem und betrachte sie, dann scheint sie wach zu werden. Reflexartig schließe ich meine Augen und drehe mich weg. Erst einmal abwarten und sehen, oder vielmehr spüren, was sie als Nächstes tut. Neben mir bemerke ich ein kurzes innehalten und dann … ich glaube, sie ist nun aus dem Bett. Ein paar Minuten vergehen und ich weiß, sie hat das Zimmer verlassen. Ich öffne meine Augen erneut und – oh

so typisch wie in allen Liebesfilmen –, sehe ich einen kleinen
Notizzettel auf dem Nachttischchen mit meinem Namen
darauf:

Liebe Rachel,

ich wollte dich nicht wecken… bin jetzt bei der Arbeit. Wenn du
magst, frühstücke noch bei mir, ich werde aber erst heute spät
Nachmittag wieder heimkommen.
Sowieso … ich glaube, ich muss das alles erst einmal realisieren
und … nun ja verarbeiten?
Lea.

Soll ich mich über diese Notiz freuen? Soll ich mich darüber
freuen, dass sie so rücksichtsvoll mir gegenüber ist, und
mich nicht weckt? Soll ich mich auch darüber freuen, dass
sie mir ihre Wohnung mehr oder minder anvertraut? Oder
soll ich eher nachdenklich gestimmt sein, weil sie
verunsichert scheint? Nachdenklich sein, weil sie nichts
davon erwähnt, dass es ihr gefallen hat?
Ach…scheiß drauf! Die Magie der letzten Nacht wird mir
nichts und niemand wegnehmen können, auch nicht das
Zweifeln von Lea. Ich werde jetzt einfach nach Hause gehen
und dann wird sie sich schon wieder melden.
Mit entschlossenem Schritt richte ich die Bettdecke hin,
mache mich fertig und gehe zu Fuß, begleitet von der
Sonne, nach Hause.

3

Ich gab Lea Distanz, so gut es ging. Mehr als 48 Stunden
konnte ich jedoch nicht aushalten. Ich schrieb ihr eine SMS

und fragte, wie es ihr geht. Ein paar Stunden später hatte sie zum Glück geantwortet. Wir schrieben ein wenig hin und her, aber das Gespräch schien distanziert und verhalten. Es war für mich schwer das auszuhalten, nach dieser so besonderen Nacht. Es ging mir immer wieder durch den Kopf, dass sie womöglich nur mit mir geschlafen hatte, weil sie betrunken gewesen war. Heute möchte ich aber versuchen, mich ein bisschen abzulenken und wenn Lea sich dann weiter nicht klar meldet oder sich zu der Nacht äußert, dann ... hm, ja, was dann eigentlich? Ich weiß es nicht. Vielleicht habe ich mich ja auch zu sehr in alles hineingesteigert. Das kenne ich von mir. Vielleicht habe ich dem Ganzen zu viel Bedeutung beigemessen und nicht gesehen, was tatsächlich passierte. Vielleicht mag ich nur wieder jemanden so sehr, weil ich nicht zurück gemocht werde, und wenn ich wirklich zurück gemocht würde, hätte ich Angst? Boris und ich haben nicht mehr miteinander gesprochen, Chris hat sich nicht mehr gemeldet und Frau Walter ist mir so egal geworden. Lea war so lange mein gedankliches Zentrum gewesen – das, worauf ich mich immer wieder konzentriert habe. Was tue ich, wenn sie mich nicht mehr sehen möchte? Ich fühle mich ein bisschen verloren. Wahrscheinlich färbe ich meine Haare heute Abend wieder... oder rauche eine Zigarette und melde mich auf einer Dating-App an. Ich brauche Ablenkung. Ich komme nicht gut zurecht mit der Einsamkeit und der Stille, die mich jetzt umgibt. * ring * * ring * * ring *

„Hallo?"

„Hallo..."

„Oh, ich habe nicht erwartet, dass du anrufst."

„Ja, ich ... ich war ein bisschen still." Lea klingt unsicher am Telefon. Ungewohnt.

„Bist du okay?" frage ich.

„Ich bin ganz okay", sagt sie. „Und du?"

„Keine Ahnung, ehrlich gesagt. Ich fühle mich nicht so gut", antworte ich.

„Wir sollten reden, oder?"

Lea und ich vereinbaren einen Termin für ein Gespräch (schrecklich förmlich klingt das, „vereinbaren"). Morgen Abend, nach der Arbeit, möchten wir spazieren gehen und darüber reden, was „nun ist".

4

Es ist soweit und mir ist ganz schlecht, wenn ich daran denke, dass ich gleich Lea wiedersehe. Ich bin wie immer überpünktlich, aber sie ist noch nicht da. In zehn Minuten ist es 19 Uhr. Wir wollten uns um 19 Uhr treffen. Was, wenn sie nicht kommt? Ich sehe eine schmale anmutige

Gestalt auf mich zulaufen. Ein zögerliches „Hey" kommt aus meinem Mund heraus, das sie mit einem ebenso zögerlichen „Hey" erwidert. Anfangs ist alles etwas gehemmt und komisch, wir führen Smalltalk und versuchen, irgendwie ein Gespräch aufrecht zu erhalten, während wir durch die Stadt spazieren. Dann traue ich mich zu fragen, was ich schon die ganze Zeit fragen möchte: „Wieso ist es auf einmal so komisch zwischen uns?" Lea hält kurz inne, wir laufen ein paar Schritte weiter und dann sagt sie: „Es tut mir leid, Rachel. Ich will nicht, dass es komisch ist. Ich bin bloß unsicher, was das mit uns ist, und was ich davon wirklich möchte." Ich atme einmal tief ein und aus und versuche damit, Zeit zu gewinnen... und mich zu entspannen. „Okay, das ist völlig okay." Das ist es wirklich. Trotzdem bin ich enttäuscht. „Wir müssen ja nicht sofort wissen, was das ist, oder was wir wollen. Vielleicht weiß ich es auch nicht genau", füge ich hinzu. Sie lächelt ein bisschen und schaut dann wieder ernst. Ihre tiefen Augen sehen verletzlich aus und am liebsten würde ich sie gerade wieder küssen. Aber das ist jetzt der falsche Zeitpunkt dafür. Ich spüre, wie mein Körper sich ein wenig entspannt, weil Lea und ich uns während des Gesprächs wieder ein kleines bisschen nähergekommen sind. Lea erklärt mir Dinge, die ich mir auch bereits gedacht habe: dass sie noch nie zuvor mit einer Frau intim gewesen ist, dass wir einen großen Altersunterschied haben und dass sie Zeit braucht. „Ich kann das verstehen, wirklich", entgegne ich mit einem leichten Lächeln. Dann habe ich die spontane Idee, ihr endlich zu sagen: „Es gibt etwas, dass ich dir bisher nicht gesagt habe. Ich weiß nicht, ob das der richtige Moment ist, aber irgendwie möchte ich es dir sagen." Lea schaut mich mit großen erwartungsvollen Augen an. „Als wir uns damals... damals klingt so lange her...", ich lache und fahre fort: „Also als wir uns kennengelernt haben draußen am Café, da kannte ich dich schon."

Lea schaut verwirrt: „Hä? Wie meinst du, du kanntest mich schon?"

„Naja, ich hatte dich ein paar Wochen vorher schon einmal gesehen."

„Ah, okay, lustig. Und du hast dich an mich erinnert?"

„Ja... um ehrlich zu sein, hatte ich die Hoffnung, ich würde dich wiedersehen, weil du wirklich einen bleibenden Eindruck hinterlassen hast... und dann hast du mich einfach so angesprochen. Das ist für mich total verrückt."

„Das ist tatsächlich irgendwie verrückt. Wo hattest du mich denn schon einmal gesehen?"

„Du saßt damals drei Reihen vor mir im Bus, *entgegen der Fahrtrichtung*, und hast ein Buch gelesen. Und du hattest einen schwarzen Hosenanzug an und eine hellblaue Bluse. Und dann bist du ausgestiegen."

„Wie war das mit – Begegnungen sind nicht zufällig und alles hat seinen Sinn?" Lea kichert kurz und schaut mir dann noch ein bisschen in die Augen. Wir sind mittlerweile stehen geblieben. Ich kichere auch vorsichtig. Wir schauen uns an, und sie legt ihren rechten Arm um meine Schulter. „Ich habe dich sehr gerne", sagt sie zu mir und mir wird direkt warm. Ich lächle auf einmal sehr breit und versuche das zu verstecken, indem ich meinen Kopf neige. Sie mag mich. Das ist Balsam für meine Seele und es fühlt sich unglaublich gut an.

Wir bleiben noch eine Weile in der Position, dann lege ich ebenso meinen Arm um sie und wir umarmen uns für ein paar Momente fest. Ich erkenne endlich ihren Geruch wieder. Ich flüstere ihr ins Ohr: „Ich habe dich auch gern." Keine Ahnung, wie es weitergehen wird, aber es geht doch immer irgendwie weiter.